iCrimax

MIT VOLLGAS DURCH

LOS CARROS

iCrimax

MIT VOLLGAS DURCH LOS CARROS

riva

Bibliografische Information der Deutschen Nationalbibliothek
Die Deutsche Nationalbibliothek verzeichnet diese Publikation in der Deutschen Nationalbibliografie. Detaillierte bibliografische Daten sind im Internet über http://dnb.d-nb.de abrufbar.

Für Fragen und Anregungen
info@rivaverlag.de

Originalausgabe
2. Auflage 2022

Türkenstraße 89
80799 München
Tel.: 089 651285-0
Fax: 089 652096

Redaktion: Mirka Uhrmacher
Umschlaggestaltung, Illustrationen: Marek Bláha
Satz: Achim Münster, Overath
Druck: GGP Media GmbH, Pößneck
Printed in Germany

ISBN Print 978-3-96775-097-3
ISBN E-Book (PDF) 978-3-96775-098-0
ISBN E-Book (EPUB, Mobi) 978-3-96775-099-7

Wir produzieren nachhaltig
www.m-vg.de

Weitere Informationen zum Verlag finden Sie unter
www.rivaverlag.de
Beachten Sie auch unsere weiteren Verlage unter www.m-vg.de

Hey, yo Leute, iCrimax hier, was geht ab ihr Paulberger?
Herzlich willkommen zu meinem ersten eigenen Roman!

Heute sind wir mit dem Lambo in Los Carros unterwegs, einer Stadt, die euch vielleicht bekannt vorkommen könnte. Allerdings sind wir nicht ganz freiwillig hier, aber lest am besten selbst, wie es dazu kam! Es wird gewohnt actionreich und chaotisch, meine Freunde, aber keine Sorge – wir haben bislang ja noch jedes Abenteuer überstanden. Also schnallt euch an, und dann sehen wir uns in den Straßen von Los Carros!

Bis dahin, haut rein Leute!

Euer iCrimax

DIE EINLADUNG

Der Wind zerrte an Max' Jacke. Schob ihn ein wenig näher an das Haus heran, vor dem er nervös rumstand. In diesem Haus erwartete ihn etwas schier Unglaubliches, etwas komplett Verrücktes. Vielleicht sogar etwas Gefährliches. Zumindest solange ihm Stanni keinen absoluten Unsinn erzählt hatte.

Stanni war einer seiner besten Freunde. Gemeinsam hingen die beiden stundenlang im Voice Chat rum, zockten ihre Lieblingsspiele oder schauten sich lustige Videos an. Doch für diese Sache, so hatte ihm Stanni erklärt, musste Max persönlich vorbeikommen. Ansonsten würde er ihm ja doch nicht glauben.

Max rieb sich ein letztes Mal die kalten Hände, ehe er die Türklingel drückte. Kaum war die kurze Melodie verstummt, wurde die Tür bereits aufgerissen, und Stanni stand vor ihm, ein wenig außer Atem, als wäre er durchs halbe Haus gehetzt, um ihm aufzumachen.

»Hey!«, rief Max etwas zu laut. Er war wirklich aufgeregt.

»Max! Endlich, Diggi, komm rein!« Stanni zog ihn ungeduldig in den Hausflur.

Max wollte sich erst noch höflich die Schuhe ausziehen, aber Stanni deutete schon in Richtung oberes Stockwerk. Offenbar konnte er es kaum erwarten, Max endlich alles zu zeigen.

»Komm schon, ich hab alles vorbereitet!«, rief er und sprintete die Treppe nach oben hinauf.

Max folgte ihm, befreite sich umständlich von seiner Jacke und kramte noch im Gehen eine VR-Brille aus seinem Rucksack. Stanni hatte darauf bestanden, dass er sie mitbrachte.

Oben angekommen, konnte Max durch die geöffnete Tür sehen, dass Stanni bereits vorm PC saß. Sein Zimmer war etwas unordentlich, aber der Schreibtisch mit dem großen Monitor und dem Aufnahme-Mikro war vorbildlich aufgeräumt. Im Hintergrund blubberte ein Aquarium leise vor sich hin.

»Setz dich!«, wies Max' bester Freund ihn an und zeigte mit einer Hand auf den leeren Küchenstuhl neben sich, während er mit der anderen seine eigene VR-Brille aus einer Schublade holte.

Max ließ sich lachend auf den Stuhl fallen. »Du hast es ja eilig, Junge«, meinte er. »Aber du hast auch echt krasse Dinge erzählt, jetzt will ich Beweise.«

»Sollst du haben.« Stanni grinste und schaltete den Monitor an.

Auf dem Bildschirm erkannte Max das Titelbild von Tal Royal; ein Videospiel, das sie beide besonders gerne zusammen spielten. In genau dieses Videospiel, so hatte Stanni zumindest behauptet, war er hineingesogen worden und hatte dort jede Menge Abenteuer erlebt. Also, wirklich *in* das Spiel rein. Max konnte sich das einfach nicht vorstellen und musste erst mal schlucken.

»Ich versteh schon, wenn du mich für verrückt hältst«, sagte Stanni. »Ich hab's ja selbst erst nicht geglaubt. Aber es ist alles wahr!«

Max erinnerte sich noch gut an den Abend, an dem ihm Stanni erzählt hatte, wie er nach einer Runde Tal Royal plötzlich in das Spiel hineingeglitcht war. Nicht als Spielfigur, sondern als er selbst. Eigentlich, hatte Stanni gesagt, dürfe er darüber gar nicht sprechen, aber er brauche Hilfe bei einem wichtigen Projekt. Deswegen wäre es ihm ausnahmsweise erlaubt, eine weitere Person einzuweihen. Und Max war zugegeben stolz darauf, diese Person zu sein.

»Willst du noch was essen oder trinken, ehe wir loslegen?«, fragte Stanni jetzt. Er hatte sich auf seinem Schreibtischstuhl zurückgelehnt und sah ihn erwartungsvoll an.

»Nee, passt schon.« Max winkte ab. Seine Neugier war viel zu groß. Er zog einen Laptop aus seinem Rucksack, legte ihn auf den

Tisch und klappte ihn auf. »Lass lieber starten, ehe ich vor Aufregung kaputtgeh!«

Stanni nickte, rollte dann ein Stück in seinem Stuhl nach hinten und griff unter seinen Schreibtisch. Nach ein paar Sekunden Herumtasten zog er mit einem »Aha!« einen Gegenstand hervor, den er offenbar mit etwas Tape unter die Tischplatte geklebt hatte. Gar nicht mal schlecht, das Versteck.

»Das brauchen wir, um nach Los Lamas zu kommen«, erklärte Stanni und zeigte Max, was er in der Hand hielt. Es war ein Anhänger, ein dünnes Metallplättchen an einer Kette, und auf dem Plättchen war ein kleiner Würfel mit Kulleraugen eingraviert, darunter stand Stannis Name. Besonders beeindruckend wirkte das jetzt noch nicht.

»Starte das Spiel und setz deine VR-Brille auf, dann geht's auch gleich los«, befahl Stanni. Er hatte noch immer das fette Grinsen im Gesicht und schien sich seiner Sache absolut sicher, während er in den Einstellungen des Spiels herumklickte.

Max öffnete das Game, um Stannis Lobby beizutreten. »Sollten wir dann nicht lieber stehen, wenn wir mit VR reingehen?«, fragte er, während er seinen Stuhl näher an den Schreibtisch zog.

»Dreh jetzt bitte nicht durch«, setzte Stanni mit ernster Stimme an, »aber ich weiß nicht wirklich, was mit unseren Körpern hier draußen passiert, wenn wir ins Spiel glitchen.« Er zuckte mit den Achseln. »Ich bin schon mal auf dem Teppich liegend wieder aufgetaucht. Seitdem sitz ich lieber. Ist sicherer.«

Max schluckte. Seine Beine fühlten sich plötzlich wie Pudding an, und er war ganz froh, dass er sitzen bleiben konnte.

Auf dem Bildschirm tauchte jetzt neben Stannis Skin, einer wendigen Kämpferin namens Siren, auch der von Max auf. Er spielte Woody, einen breit gebauten Überlebenskünstler im Holzfällerhemd, dessen bärtiges Gesicht halb unter einer Kapuze verschwand.

»Bist du bereit?«, fragte Stanni, und als Max zu ihm rüberschielte, hatte er bereits seine VR-Brille aufgesetzt.

»Klar«, sagte Max und zog sich ebenfalls die Brille über den Kopf.

Er blinzelte kurz. Es dauerte meist ein paar Sekunden, ehe sich seine Augen und sein Gehirn an das Bild gewöhnten, das ihm die Brille zeigte. Aber irgendwie wurde er sofort etwas ruhiger. Alles war eigentlich wie immer. Er und sein Kumpel würden eine gemütliche Runde Tal Royal spielen, wie jeden Abend. Nur dass sie diesmal nebeneinandersaßen. Was war schon dabei?

Stanni startete die Runde, und kurz darauf flogen sie mit 98 anderen Spielern über die Karte. Gleich würden sie alle rausspringen, ihre Gleiter öffnen und irgendeine Location auf der Map anpeilen, um dort den besten Loot zu finden. Dann bekämpfte man sich, bis nur noch ein Team stand.

Aber heute sollte es anders laufen.

»Wir springen über Trippy Town ab«, erklärte Stanni neben ihm.

Es war schon etwas ungewöhnlich, ihn direkt neben sich im echten Leben zu hören und nicht über das Headset. Noch viel ungewöhnlicher war allerdings, dass er den Anhänger mit dem kleinen Würfel drauf auch hier im Spiel um den Hals trug. Doch ehe sich Max weiter darüber Gedanken machen konnte, fuhr Stanni mit seinen Anweisungen fort.

»Wir müssen direkt über die Statue vom alten Trippington auf dem Marktplatz.«

Max sah fragend zu ihm rüber. »Und was ist mit den anderen Spielern?«, fragte er verblüfft. »Auf dem Platz gibt es kaum Deckung.«

»Wir müssen eben schnell sein!«, lachte Stanni und machte sich absprungbereit. Auch Max studierte die Map aus dem Augenwinkel und wartete auf die richtige Position, um ihr Ziel bestmöglich anzusteuern.

Drei. Zwei. Eins. Go!

Als sie kurze Zeit später auf dem Marktplatz landeten, wimmelte es um sie herum bereits von Spielern, die sich gegenseitig in Konfetti-Wolken verwandelten. Aber Max und Stanni waren Profis. Geschickt huschten sie zu der großen Statue des Stadtgründers Trippington, hinter der sie in Deckung gingen.

»Was tun wir jetzt?«, fragte Max, während er das flache Gelände nach Gegnern absuchte.

»Ich öffne mit dem Anhänger von Flux den Zugang zu Los Lamas, wir glitchen rein, und dann besuchen wir Paule und Tilly«, meinte Stanni entspannt, als müsste Max ganz genau verstehen, was und wen er damit meinte.

Aber Max schwirrte einfach nur der Kopf. Stanni hatte ihm damals nicht nur von seinen Abenteuern erzählt und wie er nur knapp mit dem Leben davongekommen war – zweimal! –, sondern auch von den Zwillingen Paule und Tilly, mit denen er sich in der Spielewelt angefreundet hatte. Sie lebten angeblich in einer geheimen Stadt namens Los Lamas unter der Map, zusammen mit Hunderten von Einwohnern. Welchen Sinn diese Stadt haben sollte, war Max allerdings nicht so ganz klar. Stanni meinte, die Bewohner würden nach jeder Runde alles wieder aufbauen, was die Spieler kaputtgeschossen hatten – aber das klang einfach vollkommen verrückt! Außerdem behauptete er, dass die Zwillinge einen lebendigen Würfel als Haustier hielten: Flux. Einen Würfel, wie er auf Stannis Anhänger abgebildet war.

Ein lebendiger Würfel … alles klar! Max schüttelte den Kopf, was sich ingame auf seinen Skin übertrug.

»Hab's gleich!« Stanni tastete hinter ihm den Sockel der Statue ab.

Max blickte sich nervös um. Sie konnten jederzeit entdeckt und angegriffen werden. »Du meinst das wirklich ernst, oder?«, fragte er seinen Kumpel.

Eigentlich rechnete Max noch immer fest damit, dass Stanni ihn auf den Arm nahm. Was sollte man denn auch denken, wenn einem der beste Freund erzählte, er sei in ein Spiel hineingesaugt worden! Bestimmt würde Stanni gleich vor Lachen losprusten, weil Max den ganzen Quatsch wirklich mitgemacht hatte. Aber trotzdem: Ein ganz kleiner Teil von ihm wünschte sich, dass doch etwas an der Sache dran war. Denn wie aufregend wäre es bitte, so richtig in einem Spiel zu sein?

»Klar meine ich das ernst!« Stanni hatte sich über den Sockel der Statue gebeugt und fummelte irgendwo am Stein herum. »Eine Sekunde noch …«

Plötzlich hörte Max ein Surren und dann ein Piepsen, als Stanni den Anhänger in eine Vertiefung drückte, die dort eben noch nicht gewesen war.

»Zugang bewilligt«, ertönte eine Computerstimme von überall und nirgendwo zugleich.

»Gib mir deine Hand!«, rief Stanni. »Schnell!«

Max fuhr zu ihm herum. »Was willst du mit meiner Hand?«

»Eine Verbindung aufbauen!« Stanni packte seine Hand, die im Handschuh seines Skins steckte. »Nächster Halt, Los Lamas!«

Um Max herum wurde alles blendend hell.

DER NULLPUNKT

Es war ein bisschen so, wie wenn er die VR-Brille aufsetzte. Er blinzelte einige Male, bis die hellen Flecken in seinem Sichtfeld verschwanden. Alles war noch super verschwommen.

»Keine Sorge, deine Augen haben sich gleich daran gewöhnt«, sagte eine Stimme neben ihm. Das war Stanni, klar. Aber diesmal kam sie nicht leicht gedämpft wie durch seine VR-Brille hindurch, sondern kristallklar, als ob Stanni neben ihm stünde.

Jetzt erst merkte Max, dass er auf dem Boden lag. War er vielleicht vom Stuhl gekippt und hatte dabei seine VR-Brille verloren? Aber wieso stand dann die Sonne direkt über ihm?

Er blinzelte erneut, rieb sich dann die Augen und starrte hinauf. Was er für die Sonne gehalten hatte, war eine riesige, leuchtende Kugel, die mit dicken Stahlseilen an einer unglaublich hohen Höhlendecke befestigt war. Darunter ragte eine beindruckende Pyramide in die Höhe, mit einem kleinen bunten Haus auf der Spitze. Neben ihm, wenn er den Kopf ein wenig zur Seite rollte, konnte er Straßen aus hellem Kopfsteinpflaster mit noch mehr farbenfrohen Gebäuden erkennen, zwischen denen Girlanden voller Wimpel und Lampions hingen. Alles wirkte leicht verschwommen, als würde er durch eine verschmierte Fensterscheibe schauen.

Er war ganz sicher nicht mehr in Stannis Zimmer.

»Alter«, murmelte Max. Erst mal konnte er einfach nur daliegen und staunen.

Über ihm tauchte jetzt Stanni auf. Er hielt ihm eine Hand hin, um ihm aufzuhelfen, und Max nahm sie dankend an.

»Ist am Anfang echt ganz schön irre, oder?«, fragte Stanni.

Erst da fiel es ihm auf. Vor ihm stand tatsächlich Stanni! Nicht sein Skin aus dem Game. Sondern sein bester Kumpel, so wie er in echt eben aussah. Sofort blickte Max an sich runter, zupfte an seiner Hose, seinem Sweatshirt. Er trug die Klamotten, die er in der realen Welt auch anhatte. Er war er selbst, wirklich und in echt!

»Du hast die Wahrheit gesagt«, stammelte Max ungläubig und machte testweise ein paar Kniebeugen, rotierte die Arme, hockte sich dann hin, um den Steinboden zu berühren, das Gras in den Rillen zwischen den Pflastersteinen. »Unfassbar.«

Er richtete sich wieder auf und drehte sich im Kreis, um den Platz zu betrachten, auf dem sie gelandet waren. Er entdeckte Bewohner, die vor ihren Haustüren kehrten, Einkäufe herumtrugen, Hecken schnitten. Das war eine ganze, neue Welt, mit jeder Menge Leben darin! Begeistert machte Max einen Schritt nach vorn – und knallte mit der Nase gegen eine unsichtbare Wand.

»Au!«, heulte er auf und rieb sich das schmerzende Gesicht.

»Pass doch auf!« Stanni lachte herzlich, hob eine Hand und klopfte dreimal gegen die durchsichtige Barriere. Ein Zischen erklang, dann fiel das verschwommene Bild wie ein Vorhang vor Max' Augen und ließ nur klare, scharfe Umrisse zurück.

»Beim ersten Mal bin ich einfach vom Himmel gefallen«, erklärte Stanni mit einem Fingerzeig nach oben. »Daher waren die Bautruppler so nett, für meine Besuche eine Luftschleuse zu bauen.«

»Bau…was?«, setzte Max an, doch Stanni redete schon weiter.

»Man sieht sie kaum, was?« Er machte einen Schritt aus der Schleuse heraus und reckte stolz das Kinn. »Ich bin immerhin Teil einer wichtigen Mission und sollte nicht zu Matsche auf dem Boden werden.«

Max taumelte hinter ihm auf den Platz. Seine Nase tat noch immer weh, und er fragte sich, wie real dieser Schmerz sein konnte, wo sein Körper doch eigentlich in Stannis Zimmer saß.

»Du wolltest mir hier etwas zeigen«, nuschelte er, eine Hand noch an seinem Riechorgan. »Also was anderes als die Stadt an sich.«

Stanni rieb sich aufgeregt die Hände. »Den Nullpunkt.« Er sprach das Wort fast ehrfürchtig aus.

»Das ist der Kristall, oder?« Max erschauderte. »Den ihr im Unterwassertempel gefunden habt?«

Vom »Nullpunkt« hatte er das erste Mal im Zusammenhang mit einem Event gehört, das gehörig schiefgegangen war. Anstatt eines epischen Superheldenkampfes waren alle Spieler in einen gigantischen Strudel gerissen worden – keine schöne Erfahrung, wenn man eine VR-Brille trug. Danach hatten die Macher von Tal Royal allerdings behauptet, das sei alles von langer Hand geplant gewesen, und hatten eine neue Location, eine Unterwasserstadt, enthüllt.

Mittlerweile wusste Max allerdings, dass nicht die Entwickler des Spiels, sondern Stanni höchstpersönlich zusammen mit seinen Freunden das Tal gerettet hatte. Dabei hatten sie den besagten Nullpunkt entdeckt, einen Kristall voller Energie, der Portale öffnen konnte … oder so ähnlich. Max war sich nicht ganz sicher, ob er das richtig verstanden hatte. Stanni hatte ihn geschlagene drei Stunden ohne Pause mit dem Thema zugelabert. Kein Wunder, dass nicht alle Details hängen geblieben waren.

»Genau«, gab Stanni freudig zurück. Sie schlenderten mittlerweile durch die Straßen von Los Lamas. Die Stadt wirkte echt total gemütlich. Einige Bewohner nickten Stanni zu oder grüßten ihn mit Namen. »Mittlerweile steht der Kristall aber hier in der Stadt, damit wir ihn besser erforschen können.«

»Erforschen?«, fragte Max gespannt. »Was kann er denn?«

Stanni lachte. »Tja, das ist die große Frage. Wenn man seine Energie anzapft, dann kann er Dinge erschaffen, die im Spiel total nützlich wären. Er öffnet allerdings manchmal auch Portale in andere Spiele oder einfach nur ins Internet. Das ist dann weniger praktisch, sondern ziemlich verwirrend für die Spieler.«

Sie kamen jetzt an den Rand der Stadt, wo nur noch einige wenige Häuser zwischen grünen Gärten und Schotterwegen standen. Stanni steuerte auf das letzte Gebäude ganz am Ende des Weges zu, ein kleines rotes Haus mit einem Windrad auf dem Dach. Doch statt höflich an die Tür zu klopfen, bog er direkt auf einen schmalen Weg ab, der am Haus vorbei in den Garten führte. Gemeinsam folgten sie den Gehwegplatten um die Ecke und traten schließlich auf eine schmale Terrasse, auf der ein Tisch und vier Stühle gerade so unter einen bunten Sonnenschirm passten.

Aber es war nicht der Tisch, der Max' Aufmerksamkeit auf sich zog. Auch nicht die Glaskanne, die bis oben hin mit Limonade gefüllt war, oder die herrlich aussehenden Sandwiches, die jemand auf einem Teller serviert hatte. Stattdessen staunte Max über den riesigen Kristall, der in der Mitte des Gartens auf dem Rasen stand, gehalten von einem eisernen Gestell, das wie Ranken um den unteren Teil des Kristalls wuchs. Das ganze Gebilde war über eine Reihe von dicken roten und dünnen schwarzen Kabeln mit diversen Maschinen und Konsolen verbunden, vermutlich alles Instrumente, die der Erforschung des Kristalls dienten.

Das war er also, der Nullpunkt. Jetzt stand er nur harmlos und bewegungslos da, aber Max spürte die Macht und Anziehungskraft, die von ihm ausgingen.

Stanni, der den Kristall wohl schon zur Genüge kannte, war nicht einmal stehen geblieben, sondern schlenderte zum Gartentisch.

»Hey!«, rief er, und Max brauchte ein paar Sekunden, um seinen Blick vom Nullpunkt zu lösen. »Scheint so, als wäre die Familie ausgeflogen. Sie haben uns aber Limonade und Sandwiches dagelassen!« Er hielt ein Blatt Papier in die Luft, offenbar einen Brief.

»Schade«, bemerkte Max. Er hätte die Zwillinge gerne kennengelernt, von denen Stanni schon so viel erzählt hatte. Hätte gerne gewusst, wie diese Menschen, die in einer digitalen Welt lebten, wohl so waren. Und ob es den lebendigen Würfel Flux wirklich gab.

»Die kommen bestimmt bald wieder«, sagte Stanni zwischen zwei Bissen von einem Sandwich, das – Max musste es sich immer wieder selbst sagen – absolut und vollkommen virtuell war. »Paule und Tilly wissen ja, dass wir zu Besuch kommen.« Er schenkte sich ein Glas absolut und vollkommen virtueller Limo ein und nahm einen tiefen Schluck. »Willst du auch was?«

Max nickte zögerlich. Er fand die Vorstellung zwar verrückt, digitale Pixel zu sich zu nehmen, aber er wollte unbedingt wissen, wie sie schmeckten. Dankbar nahm er daher das ihm angebotene Glas entgegen und nippte vorsichtig an der Limo.

Unglaublich.

Sie schmeckte zitronig-frisch und angenehm kühl. Auch von dem Brot biss er ab. Es war knusprig getoastet und mit knackigem Salat, einer würzigen Soße und einem milden Käse belegt. Das alles ergab in seinem Kopf überhaupt keinen Sinn, war aber richtig lecker.

Kauend drehte er sich wieder zum Nullpunkt und deutete auf den Kristall.

»Komm, zeig mal, was der kann!«, feixte er.

Das ließ sich Stanni nicht zweimal sagen. Gemeinsam traten sie an eine der Konsolen, auf der sich Papiere stapelten, die über und über mit Listen, Formeln und unleserlicher Schrift zugekrakelt waren. Außerdem entdeckte Max ein paar Geräte, die mit ihren kleinen Antennen und Lämpchen und Schaltern nach hoher Wissenschaft aussahen.

Stanni schob einen Regler an der Konsole nach oben, und Max sah, wie der Kristall leicht zu schimmern begann. Ein Kribbeln machte sich in seinem Bauch bemerkbar. Immer wenn er eine Sekunde innehielt, um darüber nachzudenken, was hier grade passierte, musste er den Kopf schütteln. Es war einfach zu unglaublich.

»Der Nullpunkt hat grundsätzlich Zugriff auf alles, was mit dem Internet verbunden ist«, erklärte Stanni gerade. »Allerdings überfordert das die Spielmechanik komplett. Daher wollen wir ihn so einstellen, dass er nur auf die Spielelemente vom Tal Royal selbst zugreift, die wir dann im Spiel nutzen können. Wie in einer Art … Kreativmodus.«

»Du meinst, dass man eigene Maps bauen kann?«, überlegte Max laut. Er hatte ganz leuchtende Augen.

Stanni nickte heftig. »Ich wusste, du checkst sofort, wie cool das ist!« Offenbar war er froh, endlich mit einem anderen Spieler über das Potenzial des Kristalls reden zu können. »Aber wir kriegen die Energie des Kristalls nicht so runtergeregelt, dass sie wirklich nur auf die Items im Spiel zurückgreift. Es würde nur Chaos entstehen.«

Max war trotzdem beeindruckt. »Das ist einfach so eine gute Idee, Mann«, sagte er. »Das könnte das ganze Spiel verändern! Wie kann ich helfen?«

Stanni deutete auf die Konsole und zuckte dann mit den Achseln. »Wir testen verschiedene Spannungen und schauen, was passiert.«

»Aber was ist mit den Portalen?«, fragte Max, ohne den Blick vom Kristall abzuwenden. »Kann ich sie sehen?«

»Besser nicht«, antwortete Stanni. »Beim letzten Mal sind jede Menge fiese Dinge aus diesen Portalen rausgekommen. Unsere Aufgabe ist es ja gerade, sie *nicht* zu öffnen.«

Max setzte seinen besten Hundeblick auf. »Och«, bettelte er. »Nicht mal für deinen besten Freund? Dem du wochenlang nichts von alldem hier erzählt hast?« Er machte eine ausschweifende Geste, die den Garten der Familie Puhmann, Los Lamas, die Höhle, in der all das lag, und eigentlich auch das Tal Royal an sich weiter über ihnen mit einschloss.

Die Zahnräder in Stannis Hirn fingen sichtbar an zu arbeiten. *Volltreffer!*, dachte Max. *Schlechtes Gewissen zieht immer.*

»Also gut«, seufzte Stanni und wandte sich wieder den Reglern auf der Konsole zu. »Aber nur *ein* Portal. Ein kleines. Ganz kurz. Mehr nicht!«

Max nickte heftig und schaute seinem besten Freund gespannt über die Schulter. Mit einigen wenigen Knopfdrücken und Reglerverschiebungen schwoll das bisher nur leise Summen und Brummen der Maschinen um sie herum an. Der Kristall leuchtete jetzt heller, sodass Max seinen Blick senken musste, um nicht direkt hineinzusehen. Aus dem Augenwinkel erkannte er, wie zwischen ihm und dem Kristall etwas in der Luft erschien. Erst dachte Max, er habe es sich eingebildet, weil es nur eine dünne, kaum sichtbare Linie war, aber dann verästelte sich diese Linie mit dem Geräusch von zerbrechendem Glas, wuchs wie ein Spinnennetz um den ursprünglichen Riss herum, und schließlich öffnete sich vor seinen Augen das Portal. Es war, als splitterte die Realität ein Stück auseinander. Frei in der Luft über dem Rasen schwebend klaffte ein Loch, als hätte jemand einen Ball in ein Fenster geworfen.

Max blieben glatt die Worte im Hals stecken. Was sollte man auch dazu sagen? Fragend schaute er zu Stanni rüber, zeigte auf das Portal. Sein bester Freund zuckte mit den Schultern, nickte ihm dann zu, erlaubte ihm, näher heranzugehen.

»Aber nicht anfassen«, ermahnte er ihn. »Wir wissen nicht, was dann passiert, und ehrlich gesagt will ich es auch gar nicht rausfinden.«

Aber Max hörte gar nicht richtig hin. Er schlich vorsichtig zum Portal. Es hatte sich etwa auf Höhe seiner Brust gebildet, und je näher er kam, desto deutlicher hörte er Geräusche aus dem Inneren hervordringen.

Er machte noch einige Schritte darauf zu. Erkannte jetzt, dass hinter dem Portal, hinter der zerbrochenen Glasscheibe, etwas lag, und es war, als blickte er von einer Drohne aus auf eine Stadt hinab. Nicht wie Los Lamas mit all seinen bunten Wimpeln und Girlanden, sondern echter irgendwie, wie eine Großstadt mit langen, geraden Straßen, zweispurig, dreispurig, sechsspurig sogar. Mit Hochhäusern auf einer Seite, flachen Bungalows auf der anderen und einer Reihe Strandhäuser dort, wo der Ozean auf die Küste traf.

»Stanni«, flüsterte Max und wusste dabei gar nicht, ob der es auf die Entfernung hören konnte. »Ich weiß, wo das Portal hinführt.«

Er kannte diese Stadt. Kannte sie fast besser als seine reale Heimat. Kannte sie noch besser, als er das Tal Royal kannte. Und jetzt konnte er auch die Geräusche, die gedämpft aus dem Inneren des Portals zu ihm drangen, zuordnen. Das Brummen und Schnurren der Motoren teurer Sportwagen. Das Hupkonzert eines Staus auf dem Highway. Sirenen von Polizei, Krankenwagen und Feuerwehr gleichzeitig, weil hier immer irgendwas los war.

Das da, auf der anderen Seite des Portals, war sein absolut liebstes Spiel auf der Welt. Das war Ultimate Car Drifters. Er blickte auf die Metropole Los Carros.

Hinter ihm sagte Stanni etwas. Vermutlich wieder eine Warnung, nichts anzufassen. Oder vielleicht wollte er nur wissen, was Max sah. Aber Max hörte gar nicht hin. Er war zu gefesselt von dem Anblick der Stadt, in der er schon Hunderte, ach Tausende Stunden verbracht hatte. Und er stellte sich vor, wie es sein würde, endlich in echt in dieser Stadt zu sein, so wie er gerade hier im Garten in Los Lamas stand. Wie er den Wind am Strand fühlen, das Benzin riechen, das Adrenalin eines gewonnenen Rennens spüren würde.

Wäre das nicht ein Traum?, dachte Max.

Langsam streckte er die Hand nach dem Portal aus.

$539.257.81

WILLKOMMEN IN LOS CARROS

Max spürte den Sog des Portals, als er die Oberfläche berührte. Das Teleportieren fühlte sich total anders an als zuvor mit Stanni auf dem Marktplatz in Trippy Town. Da hatte ihn einfach wie aus dem Nichts ein gleißendes Weiß umgeben, und im nächsten Moment hatte er in Los Lamas auf dem Boden gelegen. Jetzt aber zog das Portal an ihm wie ein Staubsauger, saugte ihn durch das Loch und spuckte ihn keine Sekunde später auf der anderen Seite wieder aus.

Vollkommen überrumpelt purzelte Max über warme Pflastersteine. Er rappelte sich sofort auf, sah hinter sich noch das Loch, das wie gesplittert in der Luft schwebte und sich knarzend zusammenzog. Er erkannte Stanni auf der anderen Seite, der ihm erschrocken etwas zurief, aber es war, als hätte jemand den Ton abgestellt. Man verstand kein Wort. Max streckte noch seine Hand nach dem Portal aus, aber es war zu spät. Mit einem gläsernen Knirschen schloss es sich, ehe er es berühren konnte. Es hinterließ nur ein kurzes Flimmern in der Luft und dann nichts mehr, als hätte es nie existiert.

Da stand er nun, mitten in einer belebten Einkaufsmeile. Um ihn herum herrschte reges Treiben. Menschen, die einkaufen gingen, sich ein Eis im Sonnenschein gönnten oder in Cafés ein spätes Frühstück genossen. Er war wirklich auf der Promenade von Los Carros gelandet, der Stadt, um die sich sein Lieblingsspiel drehte. Die Sonne schien angenehm warm von oben herab, hinter ihm plätscherte ein kleiner Springbrunnen, und er konnte den leichten Geruch von Meerwasser in der sanften Brise riechen, die ihm über das Gesicht, die Arme und Beine strich.

Moment, hatte er nicht eben noch einen Pullover und lange Hosen getragen?

Sein Kopf ruckte nach unten. Er sah seine Beine in einer schwarzen Shorts stecken, die Arme in einem blauen Shirt mit halblangen roten Ärmeln. Dasselbe Outfit wie seine Figur in Ultimate Car Drifters!

Max' Ohren dröhnten, und er spürte sein Herz bis in den Hals hinauf schlagen. Was hatte er sich bloß dabei gedacht, einfach das Portal anzufassen? Jetzt saß er wahrscheinlich hier fest, war zu seiner eigenen Spielfigur geworden! Hektisch schaute er sich um, in der Hoffnung, einen Hinweis zu entdeckten, der ihm dabei helfen könnte, wieder aus dem Spiel rauszukommen. Und da, in seinem Augenwinkel, flackerte plötzlich etwas unter ihm auf.

Er blinzelte, sah genauer hin, verengte die Augen. Kein Zweifel, in der Luft schwebte eine Karte. Und darunter sein ... Gesundheitsbalken?! Ja, eindeutig. Dem grünen Balken fehlten sogar ein paar HP, wahrscheinlich Fallschaden von seinem Sturz aufs Pflaster. Er konnte die Anzeige hin- und wieder wegblinzeln, wie es ihm gefiel.

Doch das war noch nicht alles! Über seinem Kopf leuchtete eine Zahl mit einem Dollar-Zeichen davor. Sein Kontostand aus dem Spiel! Ein ziemlich krasser Kontostand, wie Max fand. Ein paar Hundert Millionen, die er sich mit Missionen erarbeitet hatte! Außerdem konnte er schwach fünf ausgegraute Sterne erkennen. Natürlich verstand er sofort, wofür die standen. Beim Zocken hatte er sie schon tausendmal gesehen. Meistens allerdings nicht in Grau, sondern in Weiß, wenn sie ihm anzeigten, dass die Polizei ihm auf den Fersen war.

Ihm kam ein verrückter Gedanke. Wenn ihm dieselben Funktionen wie im Spiel angezeigt wurden, galt das dann auch für sein Inventar?

Mit einem kurzen Flackern tat sich direkt vor Max ein rundes Fenster auf, so plötzlich und unerwartet, dass er einige Schritte zurücktaumelte. Der schwebende, halb durchsichtige Kreis folgte ihm dabei zitternd, blieb immer genau auf gleichem Abstand vor seinem Gesicht. Tatsächlich, das war sein Inventar! Max erkannte zwei Schlüssel, einer für sein Lieblingsauto, der andere war ein elektronischer Haustürschlüssel für die Villa, die er sich ingame gegönnt hatte. Außerdem trug er laut Inventar noch einen Schokoriegel und eine bunte Dose Energydrink bei sich, um seine Lebensenergie wieder aufzufüllen.

Max schöpfte neue Hoffnung. Wenn er auf alles im Spiel zugreifen konnte, dann sicher auch auf das allgemeine Menü. Vielleicht steckte er doch nicht fest! Er blinzelte konzentriert und dachte angestrengt an das Hauptmenü, und tatsächlich, das Inventar faltete sich zusammen, und stattdessen baute sich das Menü des Spiels auf. Und da, ganz unten, war, was er suchte: der Ausloggen-Button. Er lachte erleichtert auf. Was ein Glück! Das war ja doch einfacher als gedacht! Mit den Augen konnte er über die Schaltflächen wandern und sie anwählen. Als er bei »Spiel verlassen« angekommen war, blinzelte er einmal.

Ein kleines Fenster öffnete sich. »FEHLER BEIM AUSLOGGEN« stand darin in Großbuchstaben und daneben ein viel zu langer und komplizierter Fehlercode. Das konnte doch nicht wahr sein! Max blinzelte wieder, huschte mit den Augen nach oben und unten, um sicherzugehen, dass er den Button richtig aktiviert hatte. Drückte seine Augen so fest wie möglich zusammen, öffnete sie wieder und – *UFF!*

Jemand rannte volle Kanne in ihn rein.

Der Aufprall presste Max die Luft aus der Lunge, und er keuchte erstaunt auf, während er gemeinsam mit der Person zu Boden stürzte. Das Menü vor seinen Augen schloss sich flackernd. Er fing sich grade noch so mit den Händen ab, ansonsten wäre er wohl mit dem Gesicht voran auf den Pflastersteinen aufgeschlagen.

Um ihn herum herrschte plötzlich absolutes Chaos. Leute schrien, rannten davon, sprangen überrascht auseinander. Neben ihm fluchte jemand.

Max drehte vorsichtig seinen Kopf zur Seite. Da war die Person, die ihn offenbar im Lauf umgerissen hatte, und stemmte sich gerade wankend auf die Beine. Es hatte sich angefühlt, als müsste es ein Schrank von einem Typen gewesen sein, der in ihn reingekracht war, aber in Wirklichkeit war es ein Mädchen, vielleicht 17 Jahre alt, nur ein bisschen jünger als er selbst. Ihre schwarze Jeans war ganz staubig vom Sturz, die Ärmel ihrer dunklen Lederjacke, die sie über ihrem weißen Shirt trug, reichten nur bis zum Ellbogen, wodurch sie sich ihre Unterarme ordentlich auf den Pflastersteinen zerschrammt hatte.

Leicht benommen setzte sich Max auf und schaute nach oben zu dem Mädchen. Kurz sah es so aus, als wollte sie einfach weiterrennen, ohne sich zu entschuldigen, dann schien sie es sich spontan anders zu überlegen und hielt ihm wortlos eine Hand entgegen.

Er lachte nervös, ergriff ihre Hand und ließ sich von ihr hochziehen. Aber kaum stand er wieder halbwegs aufrecht, zerrte sie ihn mit einem heftigen Ruck zu sich ran, sodass er auf sie zutaumelte. Sie selbst drehte sich geschickt an ihm vorbei, war mit einem einzigen Schritt plötzlich hinter ihm und versetzte ihm einen kräftigen Stoß in den Rücken.

»Was zum …?!«, stieß Max aus, stolperte vollkommen überrumpelt vorwärts und prallte prompt in zwei Polizisten, die grade angerannt kamen, nicht mehr rechtzeitig stoppen konnten und unter seinem Gewicht umfielen wie Kegel. Polternd und fluchend verwandelten sich die drei Menschen in ein Knäuel aus zappelnden Armen und Beinen, als alle gleichzeitig wieder auf die Füße zu kommen versuchten.

Waren die etwa hinter dem Mädchen her gewesen? Max schaute fragend zurück, aber er sah nur noch, wie die Fremde in vollem Sprint um eine Straßenecke bog und verschwand. Er war eiskalt als Ablenkungsmanöver ausgenutzt worden.

Nur mühsam befreite er sich von den strampelnden Polizisten, die ihn ein wenig an Schildkröten erinnerten, die man auf den Panzer gedreht hatte, und stand anschließend unschlüssig mitten in der Fußgängerzone. Um ihn herum waren die Passanten erstaunt stehen geblieben und gafften. Hinter ihm richteten sich die Polizisten stöhnend auf. Und über Max, am Rand von seinem Blickfeld, blinkten plötzlich zwei der fünf grauen Sterne weiß auf. Er wusste ganz genau, was das bedeutete. Die Cops waren jetzt hinter *ihm* her!

Echt jetzt? Max drehte sich zu den Polizisten um und schluckte. Hatten sie ihre Schlagstöcke schon bei der Verfolgung gezogen gehabt oder erst jetzt?

»Hey, hey«, sagte er laut und hob die Hände. »Das muss ein Missverständnis sein!«

Der Polizist direkt vor ihm, ein Typ mit Pilotensonnenbrille und Mundwinkeln, die aussahen, als wüssten sie gar nicht, was ein Lächeln ist, trat einen Schritt auf ihn zu, den Schlagstock erhoben.

»Bist wohl auch einer von den Gearheads, was?«, zischte er. »Hältst brav deiner Chefin den Rücken frei.«

Gearheads? Chefin? Max verlor vollends den Überblick. Er wich langsam einen Schritt zurück.

»Ich weiß wirklich nicht …«, stammelte er, aber der zweite Polizist, ein etwas kleinerer, dickerer, aber nicht wirklich freundlicherer Typ, unterbrach ihn keuchend.

»Du hast ja sogar das Logo deiner Bande um den Hals, streite es also bloß nicht ab, Junge.«

Verwirrt schielte Max nach unten auf seine Brust, und tatsächlich, da baumelte die Kette, die er vor einiger Zeit seinem Charakter gekauft hatte. Ein kleiner Kopf mit Sturmmaske hing daran. Aber mit irgendwelchen Gangs hatte das Ding doch gar nichts zu tun?

Er ließ langsam die Hände sinken, um nach der Kette zu greifen und sie genauer zu betrachten, da bellte der Cop mit der Sonnenbrille: »Hände schön oben lassen, Freundchen! Du bist hiermit verhaftet, wegen Mitgliedschaft in einer kriminellen Vereinigung!«

Max schluckte schwer. Verhaftet zu werden war im Spiel echt unangenehm. Man verlor eine Menge Geld und musste Missionen von vorne starten. Was genau zwischen Verhaftung und Freilassung passierte, wusste aber niemand, weil das Spiel nur einen schwarzen Bildschirm zeigte. Was, wenn eine Verhaftung für ihn dauerhaft wäre, weil er gerade als echter Mensch in diesem Spiel feststeckte? Würde das auch im richtigen Leben sein Game Over bedeuten?

Max war wirklich nicht scharf drauf, diese Wissenslücke zu schließen. Also tat er das Einzige, was ihm in seiner Panik einfiel: Er rannte los.

Die Cops schienen davon so überrascht, dass sie einige Sekunden brauchten, ehe sie die Verfolgung aufnahmen. Da war Max schon am Springbrunnen angekommen, hechtete daran vorbei und die Promenade runter. Vor ihm sprangen die Passanten auseinander, hinter ihm schrien die Polizisten.

Max war schon Hunderte Male im Spiel vor den Cops geflüchtet, meist im Auto, aber manchmal auch zu Fuß. Immerhin ging es in Ultimate Car Drifters um Straßenrennen, Überfalle, Autodiebstahl und jede Menge Gangster. Da kam es schon mal vor, dass das Wanted-Level so hoch ging, dass zu den normalen Polizisten in Streifenwagen auch welche in stark gepanzerten Vans und in Helikoptern dazukamen, die einen verfolgten, während man über den Highway raste.

Jetzt aber waren es nur zwei Polizisten zu Fuß in einer Einkaufsstraße – zum Glück, denn Max hatte keine Ahnung, wie er an sein

Auto kommen sollte. Eigentlich konnte man es bequem per Handy rufen, aber als er im Laufen seine Hosentaschen abtastete, fand er keins. Auch besonders stark an das Gerät zu denken, führte diesmal nicht dazu, dass sich ein weiteres Menü öffnete. Vielleicht hatte er also doch nicht auf alles Zugriff, was das Spiel normalerweise zu bieten hatte. Ihm blieb daher nichts übrig, als zu Fuß weiterzuhetzen.

Ich hätte wirklich auf Stanni hören sollen, dachte er, wütend auf sich selbst. Er hatte doch nur einen kurzen Blick riskieren wollen, und jetzt wurde er bereits von den Cops verfolgt, weil irgendein Mädchen von irgendeiner Gang – den Gearheads? Hatte er das richtig verstanden? – ihn ausgetrickst hatte.

Er fluchte im Rennen, bog in eine kleine Gasse ein, hörte hinter sich noch immer die Schritte der Polizisten, konnte sie einfach nicht abhängen. Offenbar waren sie jetzt richtig sauer. Er musste aus ihrem Blickfeld verschwinden und sich verstecken. Wenn er lange genug unentdeckt blieb, würden die Sterne wieder verschwinden, und die Polizisten würden vergessen, dass es ihn gab. So zumindest funktionierte es im Spiel. Und dann konnte er endlich einen Weg aus diesem Chaos hinaus zurück zu Stanni suchen.

Er sprintete aus der Gasse und bog nach rechts ab, jetzt auf dem Bürgersteig am Rand einer breiten Straße entlang. Ein Krankenwagen fegte mit Sirene an ihm vorbei, dann eine ganze Reihe von Autos. Die Polizisten stolperten hinter ihm auf den Gehweg, sahen ihn, rannten weiter.

Max legte einen Zahn zu. Er wunderte sich, wie lange er überhaupt in dem Tempo rennen konnte. Im echten Leben war er zwar auch recht sportlich, aber nach 100 Metern Sprint ging ihm trotzdem die Puste aus. Hier im Spiel schien er die Eigenschaften seiner Spielfigur übernommen zu haben, und die war schon jede Menge rumgerannt und hatte damit den Ausdauer-Skill erhöht.

Kaum hatte er das gedacht, öffnete sich das Skill-Fenster vor seinen Augen.

»Nicht jetzt!«, schrie er erschrocken, während er fast blind den Gehweg entlangsprintete. »Schließen, schließen, *schließen!!!*«

Aber das Skill-Fenster schwebte hartnäckig vor seinem Gesicht, zeigte ihm fast höhnisch, wie gut er im Laufen, Schwimmen und Schleichen war. So war es wirklich nur noch eine Frage der Zeit, bis ...

Max blieb mit seinem Schuh an irgendetwas hängen. Vielleicht war es nur ein Stein, vielleicht war es die Bordsteinkante des Gehwegs oder ein Gullideckel. Egal, was es war, Max, der gerade noch gerannt war, so schnell er konnte, verlor den Boden unter den Füßen. In seinem Bauch war kurz dieses schwerelose, flaue Gefühl, wie wenn man in der Achterbahn über einen Hügel schoss, dann flog er auch schon kopfüber in eine Hecke, die ihn zum Glück mit frischen, hellgrünen Blättern auffing.

Ächzend versuchte er, sich aus dem Gestrüpp zu befreien, spürte, wie ihn kleine Zweige durchs T-Shirt hindurch piksten. Als er sich umdrehte, um aus der Hecke rauszukriechen, schloss sich endlich das dämliche Skill-Fenster. Gerade rechtzeitig, um die beiden Polizisten dahinter sichtbar werden zu lassen, die sich bereits über ihm aufgebaut hatten. Der mit der Pilotensonnenbrille klopfte mit seinem Schlagstock bedrohlich in die Handinnenfläche, der andere deutlich kleinere und etwas dickliche Polizist hatte die Handschellen schon griffbereit.

»Ich bin mir sicher«, brachte Max nervös lächelnd hervor, »wir können über alles reden.«

Die Cops sahen das anders.

VERHAFTET

Verhaftet zu werden bedeutete zum Glück nicht Game Over, auch wenn Max die gesamte Fahrt im Streifenwagen mit dem Schlimmsten gerechnet hatte. Aber nichts dergleichen war passiert.

Jetzt saß er in einer Verhörzelle, die Hände hinter dem Rücken in Handschellen gelegt. Wie um ihn zu ärgern, hatten die Polizisten einen Becher Wasser vor ihn auf den Tisch gestellt, obwohl er mit verbundenen Händen garantiert nichts trinken konnte. Außerdem wackelte sein Stuhl, eine Technik, die Max aus Filmen und Serien kannte. Damit wollten die Cops bezwecken, dass man sich unwohl fühlte, damit man sich im Verhör nicht so gut aufs Lügen konzentrieren konnte.

Auch den riesigen Spiegel, der fast die gesamte Wand ihm gegenüber einnahm, kannte Max aus dem Fernsehen. Natürlich war das ein Einwegspiegel, in dem man sich nur von der Zelle aus spiegeln konnte, von der anderen Seite aus funktionierte er wie ein Fenster. Sicher beobachteten die Beamten ihn bereits und planten eine Taktik für das Verhör.

Aber das war gar nicht das Interessanteste an dem Spiegel. Viel spannender war, was Max darin sah. Denn zum ersten Mal konnte er sein Gesicht sehen. Dass er in den Klamotten seiner Spielfigur steckte, wusste er schon. Die kurze Hose, das blau-rote Shirt, sogar die weißen Turnschuhe, die weißen Socken, die Uhr, Kappe und Kette – an alle Details war gedacht worden. Aber sein Gesicht, das war noch immer dasselbe wie in der echten Welt. Beruhigend. Seine Figur war zwar ein cooler Typ, aber ein fremdes Gesicht im Spiegel zu sehen stellte sich Max richtig gruselig vor.

Weniger beruhigend waren allerdings die Anzeigen, die nach wie vor rechts oberhalb von ihm schwebten. An seinem Lebensbalken hatte sich nicht viel geändert, vielleicht ein Punkt Abzug für den Sturz in die Hecke. Auch die zwei weißen Sterne leuchteten nach wie vor. Aber sein Kontostand war nicht mehr derselbe. Wo vor Kurzem noch ein ordentlicher Batzen Geld gewesen war, stand nun eine fette Null. Die Cops hatten all sein Geld zusammen mit den Items aus seinem Inventar beschlagnahmt. Er hatte jetzt absolut gar nichts mehr, außer der Kleidung, die er trug, und ein paar nutzlosen Menüs.

Max hatte im Streifenwagen noch mehrfach probiert, sich auszuloggen, jedoch ohne Erfolg. Trotzdem rief er das Hauptmenü erneut auf und versuchte eine andere Taktik. Statt mit den Augen über die Menüpunkte zu gleiten, wollte er mit seiner Nase den Knopf drücken, auf dem »Spiel verlassen« stand. Er sah sich dabei durch das halb transparente Fenster im Spiegel und fragte sich, was die Polizisten auf der anderen Seite wohl dachten. Er musste wirken wie ein Huhn, das blind mit dem Schnabel in der Luft herumpickte.

Seine Bemühungen blieben auch diesmal vergebens. Wieder erschien »Fehler beim Ausloggen« und der Code, der Max diesmal noch länger vorkam. Das war also definitiv nicht sein Weg hier raus.

Max seufzte und unterdrückte die aufkommende Panik. Er musste jetzt einen kühlen Kopf bewahren. Er war unschuldig, das musste er den Polizisten nur klarmachen, dann würden sie ihn wieder gehen lassen, und er konnte endlich in Ruhe eine Lösung für seine missliche Lage finden.

Die Tür zur Verhörzelle schwang mit einem lauten Knall auf, und die beiden Polizisten, die ihn festgenommen hatten, traten herein. Der mit der Pilotensonnenbrille klatschte einen Stapel Akten auf den Tisch und baute sich bedrohlich vor Max auf. Der kleine Dicke setzte sich auf den einzigen leeren Stuhl Max gegenüber und starrte ihn finster an. Max' Blick glitt erwartungsvoll zwischen den beiden hin und her.

»Also gut, Kleiner«, knurrte der mit der Brille, die er offenbar auch drinnen trug. »Ich bin Officer Rodigos, und das hier …« Er wies mit einer Geste auf seinen Kollegen. »… ist Officer Pinto. Gegen dich und deine Leute liegen unzählige Haftbefehle vor. Du kannst hier entweder versauern, oder du packst aus.«

Max setzte sein bestes Lächeln auf, um die Lage zu entschärfen. »Ich habe wirklich überhaupt nichts mit der Sache zu tun«, begann er und gab sich alle Mühe, so unschuldig und harmlos wie möglich zu klingen. »Dieses Mädchen ist einfach nur in mich reingerannt!«

Rodigos und Pinto tauschten kurz Blicke, dann fingen beide an, schallend zu lachen. Gerade als Max schon anfangen wollte mitzulachen, auch wenn er den Witz nicht verstand, knallte Rodigos etwas auf die Tischplatte. Es war der Autoschlüssel seines geliebten Lamborghini, der vorhin noch in seinem Inventar gewesen war.

»Ganz schön krasse Karre für so einen jungen Typen«, zischte Pinto und kam Max' Gesicht jetzt ziemlich nahe. »Und der andere Schlüssel gehört bestimmt zum Sicherheitsschloss einer Luxuswohnung.«

»Einer Villa!«, motzte Max den Polizisten an. »Und die hab ich mir ehrlich erarbeitet!« Die Gedanken an all die mehr oder weniger legalen Missionen, die er gespielt hatte, um die nötige Kohle für sein Haus und sein Auto zusammenzukriegen, schob er lieber mal beiseite.

Rodigos hob eine Hand. »Lass mich überlegen. Illegale Straßenrennen. Autodiebstahl. Gehackte Bankautomaten. Aufmotzen und Umlackieren von geklauten Karren.« Er knickte bei jedem Punkt einen seiner Finger ab. »Das nennen die Gearheads also ›ehrlich erarbeitet‹?«

Max rollte nervös mit den Schultern. Die taten ihm mittlerweile ziemlich weh, weil die Handschellen seine Arme nach hinten drehten.

»Ich habe wirklich nichts mit diesen Gearheads zu tun«, brachte er kleinlaut hervor, auch wenn er sich jetzt sicher war, dass die beiden ihm nicht glauben würden. Das mit dem teuren Auto und der Villa sah tatsächlich sehr verdächtig aus. Beim Zocken machte man sich über solche Sachen einfach keine Gedanken.

Rodigos, der offenbar nur eine einzige Verhörtechnik kannte, schlug wieder auf die Tischplatte. Selbst der dicke Pinto hinter ihm auf dem Stuhl zuckte leicht zusammen. Dann fächerte Rodigos die Akten auseinander, die er ganz am Anfang auf den Tisch hatte fallen lassen, und kramte eine Zeichnung hervor.

»Und wieso trägst du dann ihr Zeichen?«, fragte er siegessicher.

Max betrachtete die Abbildung. Es war ein Logo, eine Art Schädel in einem Zahnrad oder einem Schraubengewinde. Es sah dem Anhänger um seinen Hals tatsächlich ein wenig ähnlich, auch wenn es sich bei Max' Kette um einen Kopf mit Sturmmaske handelte. Er hatte sie in einem Ponsonboys-Shop im Zentrum von Los Carros gekauft, zusammen mit seinen anderen Klamotten, und einfach nur für Modeschmuck gehalten.

»Das ist nicht dasselbe Motiv«, versuchte er sich zu verteidigen. »Sehen Sie doch, Officers, die beiden Köpfe sind zwar ähnlich, aber sie sind nicht ident–«

Pinto unterbrach ihn. »Wir machen dir jetzt ein Angebot, das du nicht ablehnen kannst, Kleiner«, sagte er bedrohlich und schob Max einige bedruckte Seiten hin. »Du sagst uns jetzt, wo und wann wir deine Chefin Piper am besten alleine außerhalb der Garage erwischen, und eventuell lassen wir dich dann laufen.«

Max schielte runter auf die Akten. Das meiste davon waren Berichte und Beschreibungen, die er auf die Schnelle unmöglich alle lesen konnte, aber es waren auch weitere Bilder dabei. Fotos, die offenbar heimlich aus der Ferne geknipst worden waren.

Er erkannte das Mädchen, das vorhin auf der Promenade mit ihm zusammengeprallt war, sofort wieder. Auf den Bildern trug sie dieselbe schwarze Lederjacke mit den kurzen Ärmeln, ihr braunes Haar war zu einem lockeren Zopf zurückgebunden. Ihr Gesicht war ölverschmiert, und sie hatte die Hände tief im Motor eines Sportwagens, an dem sie offenbar gerade herumschraubte. Im Hintergrund war eine typische Mechaniker-Garage zu sehen und noch weitere Personen, die ebenfalls schwarze Lederjacken trugen, offenbar Mitglieder der mysteriösen Gang. Ein letztes Bild zeigte die Nahaufnahme einer Lederjacke von hinten, fein säuberlich bestickt mit dem Totenkopf-Logo, das er gerade schon auf der Zeichnung gesehen hatte. Das waren also die Gearheads.

Max schaute wieder hoch zu Pinto, dessen Gesicht mittlerweile rot angelaufen war. Zögerlich schob er die Akten von sich weg und räusperte sich. Aus Filmen wusste er, wie man in so einer Situation am besten reagieren sollte, auch wenn er nicht daran glaubte, dass es ihm hier viel nutzen würde. Trotzdem versuchte er, seine Stimme so fest wie möglich klingen zu lassen.

»Ich würde jetzt wirklich gerne mit meinem Anwalt sprechen.« Einen Versuch war es wert.

Rodigos fegte mit einer heftigen Bewegung die Akten vom Tisch, riss dabei auch den Wasserbecher mit, drehte sich frustriert um und raufte sich die Haare.

»Falsche Antwort«, zischte nun auch Pinto und starrte ihn mit bösartig funkelnden Augen an, sodass es Max ein wenig schüttelte. Wenn die beiden die »Good Cop, Bad Cop«-Nummer fahren wollten, funktionierte es nicht sonderlich gut. Es wirkte eher wie »Bad Cop, Bad Cop«.

»Also schön«, rief Rodigos. Er schien sich ein wenig beruhigt zu haben, ging jetzt sogar zu den Akten, die sich über den Boden des kahlen Verhörraums verteilt hatten, und hob sie behutsam auf, damit das verschüttete Wasser sie nicht unleserlich machte. »Wir rufen dir deinen … Anwalt.«

Die Art und Weise, wie er das Wort aussprach, und die Tatsache, dass er danach finster lachte, machten Max nicht sonderlich viel Hoffnung.

Auch Pinto kicherte jetzt. »Gute Idee. Kingston zahlt uns bestimmt ein nettes Sümmchen für einen Gearhead.«

Rodigos drehte sich abrupt um. Sein Blick fiel auf den riesigen Einwegspiegel, aber nur kurz. »Dass du nie die Klappe halten kannst!«, herrschte er seinen Kollegen an und deutete dann mit dem Daumen und einem Kopfnicken zur Tür. »Komm jetzt. Kannst froh sein, dass die anderen schon in der Mittagspause sind.«

Gehorsam erhob sich Pinto, und gemeinsam verließen sie den Raum.

Kaum war Max alleine, atmete er langsam aus, als hätte er, ohne es zu merken, die ganze Zeit die Luft angehalten. Die Anspannung blieb jedoch. Er saß ziemlich in der Klemme. Alles hatte er zwar nicht verstanden, aber dass die beiden ihm keinen Anwalt rufen würden, war ihm klar.

Langsam stand er auf, schwankte ein wenig, weil er mit den Handschellen Schwierigkeiten hatte, das Gleichgewicht zu halten. Okay, er musste jetzt sein Gehirn anstrengen. Irgendwie musste er aus dieser Situation doch rauskommen!

Im Kopf ging er alle Möglichkeiten durch, die ihm das Spiel bot. Mit nur einem kurzen Gedanken öffnete er das mittlerweile leere Inventar, schloss es wieder, ging dann ins Hauptmenü, scrollte dreimal hoch und runter und blendete probeweise die Stadtkarte ein, die am unteren linken Rand seines Blickfelds aufploppte. Die Polizisten hatten ihn vom Meer im Westen weiter ins Stadtinnere nach Osten gebracht, aber auch dieses Wissen half ihm nicht weiter. Immerhin gelang es ihm nach und nach besser, die verschiedenen digitalen Fenster per Gedanken zu kontrollieren. Ein schwacher Trost.

Eigentlich war er ein verdammt guter Spieler in Ultimate Car Drifters, hatte auf jede Herausforderung des Spiels eine Antwort parat. Aber jetzt steckte er ja mittendrin, alles war ungewohnt, als würde er zum ersten Mal spielen und nicht so genau wissen, welche Knöpfe was machten. Es war zum Verzweifeln.

Draußen vor der Tür näherte sich Stimmengemurmel. Die beiden Officers kamen von ihrem Telefonat zurück. Wer war nur dieser Kingston, den der Dicke erwähnt hatte? Vielleicht jemand, der darauf spezialisiert war, ein Geständnis aus den Leuten rauszukriegen? Max lief es eiskalt den Rücken runter. Er musste hier raus!

Hektisch sah er sich um, aber der Raum war bis auf den schmalen Tisch und die zwei wackeligen Stühle leer. Dann fiel sein Blick auf die Tür. In seinem Gehirn arbeitete es. Mit etwas Timing und dem Überraschungsmoment, so der völlig verrückte Plan, konnte er vielleicht rauslaufen, wenn die beiden Polizisten die Tür öffneten.

Vorsichtig schlich Max zur Wand neben der Tür und presste sich dagegen. Von hier aus waren die Stimmen der beiden draußen auf dem Gang besser zu hören. Er lauschte angespannt.

»Und pass bloß auf, wenn du Kingston hier erwähnst«, sagte Rodigos grade gedämpft. »Es muss ja nicht gleich jeder wissen, dass wir auf der Gehaltsliste eines Gangsterbosses stehen.«

»Klar«, murmelte Pinto so leise, dass Max es kaum verstehen konnte. Dann kicherte der dickliche Polizist wieder. »Kann's kaum erwarten, das Gesicht des Kleinen zu sehen, wenn er kapiert, dass wir ihn an die Erzfeinde der Gearheads verkauft haben.«

Verkauft? Max traute seinen Ohren kaum. Wollten die Polizisten ihn etwa an andere Kriminelle ausliefern?

Er hörte noch, wie Rodigos finster lachte, dann flog auch schon die Tür neben ihm auf, und die beiden Polizisten traten mit Schwung ein. Max drückte sich, so dicht er konnte, in den Spalt zwischen Wand und Tür, die Nasenspitze vom Holz plattgequetscht. Er wagte es nicht zu atmen.

Drei ... zwei ... eins ..., zählte er lautlos in seinem Kopf.

Sein Plan schien aufzugehen. Kurz herrschte Verwirrung, weil der Verdächtige nicht mehr auf seinem Platz saß. Die beiden Officer stockten, blieben wie angewurzelt stehen, sahen sich im Raum um, dachten aber noch nicht daran, hinter sich zu schauen, dorthin, wo Max sich hinter der Tür versteckt hatte.

Jetzt oder nie!, dachte Max und sprintete los.

Schon wenige Meter den Flur runter wurde ihm jedoch klar, dass sein Plan nicht sonderlich durchdacht war. Er hatte keine Ahnung, wohin er rennen sollte, und seine noch immer auf dem Rücken gefesselten Hände machten es ihm besonders schwer, das Gleichgewicht zu halten. Außerdem hörte er bereits die aufgeregten Stimmen der Polizisten hinter sich, die natürlich sofort kapiert hatten, was passiert war. Sein großes Glück war die Enge des Flurs. Pinto und Rodigos behinderten sich gegenseitig, der große, breit gebaute und der kleine, dicke Cop verstopften den Gang regelrecht, rempelten sich an, fluchten. Jeder wollte der Erste sein, der Max zu fassen bekam, und so stolperten sie ungeschickt hinter ihm her.

Max legte noch einen Zahn zu, raste an Büros vorbei, die dank Mittagspause leer waren, immer weiter den Gang entlang, bis er schließlich vor einer Feuerschutztür scharf abbremste.

Der Vordereingang war das vermutlich nicht, aber Max hörte die schweren Schritte der Polizisten und ihr Rumpeln dicht hinter sich, daher konnte er nicht wählerisch sein. Er warf sich mit seinem gesamten Körper gegen die schwere Tür – seine Hände konnte er ja noch immer nicht benutzen –, und mit einem lauten Quietschen gab sie nach und schwang auf.

Er stolperte drei Stufen runter in einen Hinterhof, in dem einige ausrangierte Streifenwagen standen. Der Parkplatz wirkte schäbig und so, als würde er selten genutzt, weil niemand Lust hatte, die Mittagspause mit Blick auf gelbliche Rasenflächen und angerostete Straßenlaternen zu verbringen. Perfekt für geheime Treffen mit Gangstern also. Und genau so einer stand ihm jetzt gegenüber.

Max spürte, wie ihm das Blut aus dem Gesicht wich. Hinter ihm kamen die beiden Cops prustend zum Stehen, vor ihm machte ein grimmig dreinschauender Typ im Hoodie einen Schritt auf ihn zu. Auf der anderen Seite des Platzes lehnten zwei weitere zwielichtige Gangster locker je an einem Sport- und einem Geländewagen. Alle drei Männer trugen auf Brusthöhe ihrer Kleidung das gleiche Logo: einen Autoreifen mit einer goldenen Krone darüber. Kein Zweifel, dass sie zur selben Gang gehörten. Max konnte hören, wie die Polizisten zu lachen anfingen. Er war ihnen entkommen – und dabei direkt in die wartenden Arme der Kriminellen gelaufen, an die sie ihn verraten hatten.

Panisch schaute er sich auf dem Hof um. Die Ausfahrt zur Straße lag rechts von ihm, genau zwischen ihm und den beiden Wagen der Gangster und viel zu weit weg, um auch nur zu versuchen, dorthin zu fliehen. Der Rest des Hofes war von einem rostigen Maschendrahtzaun umgeben, dahinter die vertrocknete Rasenfläche und dann ein weiterer Parkplatz, der nur spärlich besetzt war. Aber wie sollte er ohne Hände über den Zaun klettern? Wenn er es überhaupt bis dorthin schaffte, bevor ihn die beiden korrupten Polizisten oder einer der Gangster schnappten …

Ein Motor dröhnte auf, laut und röhrend. Nicht nur Max erschrak bei dem lauten Geräusch, auch der Typ im Hoodie zuckte merklich zusammen. Alle Köpfe drehten sich gleichzeitig zur Ausfahrt hin, von wo das Geräusch gekommen war. In derselben Sekunde donnerte ein Abschleppwagen in einem Wahnsinnstempo auf den Hinterhof, fuhr mit quietschenden Reifen eine Runde um den Platz und schlitterte dann in einer halben Kurve genau zwischen die Gangster und Max. Die Beifahrertür schwang auf und dahinter, vom Fahrersitz aus rübergebeugt, saß – das Mädchen von der Promenade! Piper hatten die Polizisten sie genannt.

»Steig ein, Mann!«, schrie sie Max zu.

Max' Beine waren schneller als sein Hirn. Während das nämlich noch damit beschäftigt war, zu verarbeiten, was gerade passierte, hatten ihn seine Füße schon bis zum Wagen getragen und seinen Körper kopfüber auf den Beifahrersitz geschleudert. Sofort ließ Piper den Motor des Abschleppwagens aufheulen, drückte das Gas durch, und mit einem Sprung setzten sie sich in Bewegung, über die Ausfahrt raus vom Platz auf die Straße.

Die nächste Kurve schwang die Beifahrertür zurück ins Schloss, und Max konnte gerade noch so seine Füße einziehen. Mit der Stirn bollerte er gegen die Kopfstütze von Pipers Sitz, konnte sich wegen der Handschellen nur ächzend und umständlich aufrichten. Sofort wanderte sein Blick panisch zum Seitenspiegel. Hinter ihnen bretterte der Sportwagen aus dem Hinterhof, dicht gefolgt von dem Jeep, der ebenfalls auf die Straße schoss.

»Du schnallst dich besser an«, sagte Piper neben ihm, ohne ihn dabei anzusehen, schaltete einen Gang runter und steuerte den Wagen in eine weitere Kurve. Draußen hupten gleich mehrere Autos genervt, während es Max in die Seitentür presste.

»Handschellen«, brachte er mühsam hervor und wackelte zur Erklärung, warum er sich unmöglich selbst anschnallen konnte, mit den Händen auf seinem Rücken.

Piper nickte, löste eine Hand von der Gangschaltung und kramte dann blind im Münzfach in der Mittelkonsole herum, ohne den Blick von der Straße zu nehmen, bis sie schließlich mit einem »Aha!« eine Art Haarnadel hervorzog.

Max verstand sofort, auch wenn er kaum glauben konnte, was gerade passierte, und drehte seinen Rücken zur Fahrerseite, sodass Piper besser an seine Hände kam. Ihr Blick flitzte jetzt zwischen Straße und den Handschellen hin und her, und nach nur wenigen Drehungen und einem anschließenden befriedigenden Klicken sprangen die Fesseln tatsächlich auf. Max seufzte erleichtert, spürte, wie endlich wieder genügend Blut in seine Finger floss, und rieb sich die wund gescheuerten Gelenke.

»Danke«, sagte er, während er sich zittrig und mit noch immer klopfendem Herzen anschnallte. Ein Blick in den Seitenspiegel verriet, dass das Schlossknacken Piper nicht sonderlich abgelenkt hatte, eher im Gegenteil. Die Gangster waren weit zurückgefallen, kaum noch vom normalen Verkehr zu unterscheiden.

Völlig überraschend bremste Piper nun ab, und Max wurde in seinen Gurt gedrückt, krallte sich ins Armaturenbrett. Als sie zum Stillstand kamen, schaltete Piper in den Rückwärtsgang, drehte ihren Oberkörper und legte ihren Arm um die Kopfstütze von Max' Sitz, drückte das Gas wieder durch und manövrierte den Abschleppwagen blitzschnell rückwärts in eine Gasse, die gerade breit genug für das riesige Fahrzeug war. Dann schaltete sie den Motor ab.

Max hörte nur das Rauschen seines Pulses in den Ohren und, ganz leise, außerhalb der Gasse, die Geräusche des Straßenverkehrs. Piper neben ihm beugte sich neugierig über das Lenkrad, spähte hinaus.

Worauf wartet sie?, wunderte sich Max, doch da zischte schon der Sportwagen vorbei, dahinter der Jeep, nur ganz kurz im Eingang der Gasse zu sehen, dann waren sie schon wieder weg.

»Meinst du, die merken, dass wir nicht mehr vor ihnen sind?«, fragte Max sehr leise.

Piper neben ihm schüttelte den Kopf. »Garantiert nicht. Riders sind nicht die Schlausten«, wisperte sie zurück.

»Riders?« Max atmete schwer und presste eine Hand auf seine Brust über dem Herzen, das langsam zur Ruhe kam. Ihm schwirrte der Kopf.

Piper zuckte mit den Schultern. »Die Typen, die dich einkassieren wollten. Kingston Riders nennen sie sich.«

Max nickte. Piper gehörte also zu den Gearheads, die anderen Gangster waren von den Kingston Riders. Der gekrönte Reifen passte zu diesem Namen. Die Gangs waren Erzfeinde, hatten die Polizisten gesagt. Wo war er da nur reingeraten?

»Das war extrem abgefahren«, murmelte er.

Piper grinste ihn an. »Warum flüstern wir?«, flüsterte sie.

Gute Frage. Max setzte sich richtig auf und räusperte sich. »Danke. Fürs Retten«, sagte er, jetzt in normaler Lautstärke.

Piper winkte ab. »Das war ich dir ja wohl schuldig. Wegen der Aktion vorhin in der Einkaufsstraße.«

Max nickte langsam. Nachdem er zuvor festgenommen worden war, hatte er die ganze Fahrt im Streifenwagen lang darüber nachgedacht, wie sauer er auf das fremde Mädchen war, wegen dem er in diesem Schlamassel steckte. Was er Piper alles an den Kopf werfen würde, sollte er dazu je die Gelegenheit bekommen. Jetzt, wo sie neben ihm saß, war seine Wut aber irgendwie verpufft.

»Was wollten die Cops überhaupt von dir?«, fragte er stattdessen.

Sie verdrehte die Augen. »Mir auf den Keks gehen«, schnaubte sie. »Ist deren Hobby.«

»Also hast du nichts angestellt?«, hakte Max nach, der sich nicht so recht vorstellen konnte, dass die Polizei einen ohne Grund verfolgte. Er wollte nicht riskieren, den einen Gangstern nur knapp entkommen zu sein, nur um bei den nächsten im Auto zu hocken.

»Nuuuun …« Piper zog das Wort gespielt unschuldig in die Länge. »Zumindest nichts, wofür man mich gleich drei Blocks zu Fuß verfolgen müsste.« Sie lehnte sich zum Handschuhfach auf der Beifahrerseite vor, ohne den Blick von der Straße zu nehmen, öffnete es und kramte einen Schokoriegel heraus, den sie ihm hinhielt. »Hier. Du siehst ganz schön blass aus.«

Kurz sah Max nach oben rechts auf seine Lebensanzeige, der durch den Zusammenprall, seinen Sturz in die Hecke und die blöden Handschellen noch immer ein paar Lebenspunkte fehlten, wenn auch nicht gefährlich viele. Dankbar nahm er den Riegel daher an, und während Piper den Wagen wieder anließ und gemütlich aus der Gasse raus und zurück in die Richtung fuhr, aus der sie gekommen waren, erfreute er sich an dem herrlichen Geschmack von Schokolade.

Seine Lebenspunkte kletterten wieder auf das Maximum, und das spürte Max sofort. Sein Herz beruhigte sich endlich wieder, und die wunden Stellen an seinen Handgelenken verschwanden. Wenn Schokolade das doch nur im wahren Leben könnte!

»Ich nehme dich erst mal mit zur Garage, ja?«, fragte Piper neben ihm. Jetzt hatte sie beide Hände fest am Steuer und strich sich nur ab und an eine Strähne aus dem Gesicht, die sich aus ihrem Zopf gelöst hatte. So nah neben ihr konnte Max jetzt ihr Augenbrauenpiercing erkennen und dass sie Sommersprossen hatte. Er blinzelte. Hatte sie gerade eine Frage gestellt?

»Äh, ja, klar«, sagte er, auf gut Glück.

»Gut.« Sie nickte.

Kurz herrschte eine peinliche Stille, nur durchbrochen vom Geräusch des Blinkers, als sie abbogen.

»Ich, äh …«, sagte Max schließlich, hauptsächlich weil er es nicht mehr aushielt. »Ich bin übrigens Max.«

Piper schaute aus dem Augenwinkel zu ihm rüber. »Hey, Max. Ich bin Piper. Aber das«, sagte sie und zwinkerte, »weißt du ja wahrscheinlich schon.«

DIE GEARHEADS

Die Wolkenkratzer der Innenstadt wurden im Rückspiegel immer kleiner, während sie Richtung Norden an den äußeren Rand von Los Carros fuhren. Hier waren die Häuser weniger luxuriös, die Straßen staubiger und die Parkplätze leerer. Max und Piper kamen an einigen Supermärkten vorbei, dann an Fabrikgebäuden und Lagerhallen. In unregelmäßigen Abständen führten Brücken über einen langen Kanal, der irgendwann vielleicht mal voller Wasser gewesen war, jetzt aber ausgetrocknet dalag. Kinder schienen ihn als Halfpipe für ihre Skateboards und Roller zu nutzen, Erwachsene zum Entsorgen von Müll. In dieser Gegend lebten nicht die Schönen und Reichen, die an der Promenade shoppen gingen, sondern einfache, normale Familien, die den schönen Sommertag nutzten, um Zeit draußen zu verbringen.

Max wollte sich grade zu Piper umdrehen und sie fragen, ob sie hier in der Nähe wohnte, als der Motor des Abschleppwagens, in dem sie saßen, ein rasselndes Geräusch von sich gab.

»Mist«, fluchte Piper und tippte gegen die Temperaturanzeige des Motors. Die Nadel wackelte bedrohlich weit rechts im dunkelroten Bereich.

Max lehnte sich vor und schaute durch die Windschutzscheibe auf die Motorhaube, unter der jetzt weißer Qualm hervortrat.

»Äh«, machte er und zeigte mit dem Finger nach vorne. »Muss das so?«

Piper antwortete nicht, bog stattdessen scharf nach links ab auf einen kleinen Vorplatz und ließ den Wagen ausrollen. Dann zog sie den Zündschlüssel aus dem Schloss, schnallte sich ab, öffnete die Fahrertür und trat hinaus. Als Max nur irritiert sitzen blieb, lehnte sie sich wieder ins Innere des Wagens.

»Kommst du? Wir sind eh da.«

Max nickte und schnallte sich langsam ab. Kurz schielte er auf die Mini-Map, die halb durchsichtig in seinem unteren Blickfeld auftauchte, wenn er an sie dachte, und tatsächlich, neben dem grauen Rechteck, das wohl das Gebäude vor ihm darstellte, stand sehr klein der Name »Gearhead Garage«. Komisch, diese Location war ihm noch nie aufgefallen.

Als er ausstieg, spürte er sofort wieder die warme Sonne. Es musste jetzt gegen Mittag sein, denn sie stand fast genau über ihnen am strahlend blauen Himmel. Sie waren auf einem Schotterplatz ausgerollt, der von einigen Palmen und niedrigen Büschen gesäumt wurde. Und vor ihnen, gut fünfzig Schritte weiter, lag die Werkstatt der Gearheads.

Das Gebäude war wohl mal eine Tankstelle gewesen, zumindest gab es einige alte Zapfanlagen, die unter einem riesigen Vordach standen. Auf dem freien Platz daneben, wo früher die Autos zum Tanken angehalten hatten, waren nun einige echt schöne Sportwagen aufgebockt, bereit, aufgemotzt zu werden. Rechts ging das Vordach in ein Gebäude über, das neben dem normalen Eingang ein großes, offenes Garagentor hatte. Innen konnte Max einige Werkbänke und Stapel von Reifen erkennen. Überall in und um die Werkstatt herum liefen Leute in schwarzen Lederjacken mit großen weißen Rückenaufnähern umher. Auf die Entfernung konnte er das Logo natürlich nicht genau erkennen, aber er hatte so seine Vermutung, dass es ein Schädel innerhalb eines Zahnrads sein würde.

»Hey, Max!«, rief Piper auf der anderen Seite des Wagens. »Hilf mal mit, wir müssen den Rest des Weges schieben.«

»Geht klar!« Max riss sich vom Anblick der Garage los, ging zum Heck des Abschleppwagens und stemmte sich dort gegen die Karosserie. Über ihm baumelte ein kleiner Kranarm. Der Haken am Stahlseil war zum Glück festgebunden und konnte ihm nicht gegen den Kopf schwingen. Er fragte sich, ob die Gearheads damit wohl Autos stahlen. Zumindest hatte die Polizei doch so etwas erwähnt.

Piper blieb vorne bei der geöffneten Fahrertür, behielt die rechte Hand am Steuer, um das Auto grade zu halten, und umfasste mit der linken den Türrahmen. Gemeinsam schafften sie es, dass sich der Wagen langsam über den knirschenden Schotter bewegte.

»Irgendwas stimmt immer noch nicht mit der Kühlung«, meinte Piper vor ihm. Sie schien angestrengt darüber nachzudenken, was wohl der Fehler sein könnte. »Ich wollte mir den Motor eigentlich heute noch mal ansehen, aber dann kam mir deine Rettung dazwischen.« Sie grinste ihm über die Schulter zu.

»Schraubst du öfters an Autos rum?«, fragte Max. Kurz rutschte sein Fuß auf dem Kies aus, aber er fing sich schnell wieder und schob weiter.

»Klar«, sagte Piper mir hörbarem Stolz. »Ist ja das Familiengeschäft. Wir lernen hier, Autos zu tunen, ehe wir richtig laufen können.«

»Und Autofahren wohl auch, was?« Max musste daran denken, mit welchem Wahnsinnstempo sie zuvor unterwegs gewesen waren. Piper war wirklich eine enorm gute Fahrerin.

»Ich habe meine ersten Autorennen gewonnen, da hatte ich noch gar keinen offiziellen Führerschein«, lachte sie. »Natürlich auf abgesperrten Strecken und zusammen mit meinem Papa.«

»Krass, dein Vater fährt auch Autorennen?", fragte Max beeindruckt.

Auf diese Frage antwortete sie jedoch nicht. Von hinten konnte Max erkennen, dass ihre Arme leicht zitterten, aber das mochte auch an der Anstrengung liegen. Trotzdem schien es, als hätte er einen wunden Punkt erwischt, daher hakte er nicht weiter nach. Ohnehin waren sie der Werkstatt jetzt so nah gekommen, dass einige der Gearheads, die geschäftig herumwuselten, auf sie aufmerksam wurden.

»Piper!«, rief einer, der grade einen Reifen vor sich herrollte. »Hat das olle Ding wieder den Geist aufgegeben?«

Pipers Anspannung schien wieder von ihr abzufallen, sie drehte ihren Kopf zur Seite und streckte dem Gearhead die Zunge raus. Der winkte ab und trottete lachend mit seinem Reifen weiter.

»Wir stellen ihn gleich hier ab«, sagte Piper an Max gerichtet und zeigte auf eine Stelle unter dem Vordach. »Dann kann ich einen Blick in den Motor werfen.«

Max nickte, und mit einer letzten Kraftanstrengung schoben sie den Wagen an seinen Zielort. Neben den aufgebockten Sportwagen sah der klobige Truck schon fast fehl am Platz aus, obwohl er optisch eigentlich besser zu der staubigen Werkstatt passte als die teuren Karren. Alles machte einen etwas heruntergekommenen Eindruck.

Während Max sich hinten noch die vom Schieben schwitzigen Hände an der Hose abwischte, zog Piper vorne die Handbremse, band sich den Zopf neu, damit ihre Haare nicht im Weg waren, und öffnete dann die Motorhaube, aus der prompt ein letzter dicker Schwall Qualm entwich.

Max trat neugierig neben sie, hustete und wedelte mit der Hand den Qualm weg, ehe er verblüfft zusah, wie Piper sich einen dreckigen Lappen aus einer nahen Werkzeugkiste schnappte und um die rechte Hand wickelte. Mit der drehte und ruckelte sie dann geübt an dem beindruckenden, aber noch immer recht heißen Motor herum. Max war zwar kein Spezialist, aber er erkannte einen Sportmotor, wenn er ihn sah. Das Teil gehörte definitiv nicht zur Standardausstattung eines Abschleppwagens. Kein Wunder, dass sie der anderen Gang so schnell entkommen waren.

»Sag mal«, setzte er zu einer Frage an. »Wer waren eigentlich diese anderen Typen? Vor denen du mich gerettet hast?«

»Die Kingston Riders«, antwortete Piper, ohne vom Motor aufzusehen. »Unangenehme Typen. Also mittlerweile. Früher waren sie mal echt in Ordnung.«

Max runzelte die Stirn. »Was ist passiert?«

Piper seufzte, zeigte dann auf den Werkzeugkasten, aus dem sie zuvor den Lappen gefischt hatte. »Gib mir mal den kleinen Winkelschraubendreher.«

Max ging die zwei Schritte hinüber und schaute ratlos in den geöffneten Werkzeugkasten. Dort lag eine Vielzahl von Hämmern, Schraubenschlüsseln und anderen Gegenständen, von denen er keine Ahnung hatte, wofür sie gut waren. Er gab in »Ultimate Car Drifters« vielleicht einen wirklich hervorragenden Autofahrer ab, aber als Mechaniker wäre er aufgeschmissen.

»Äh …«, machte er und blickte zu Piper zurück.

Die schnaufte, Kopf unter der Motorhaube. »Bring einfach alles her.«

Peinlich berührt packte Max die Griffe des Werkzeugkastens und schleppte das erstaunlich schwere Teil unter lautem Geschepper zu Piper, die kurz darin herumtastete, fand, was sie gesucht hatte, und sich sofort wieder an die Arbeit machte. Jetzt erst bemerkte Max, dass die meisten der Gearheads, die eben noch fleißig gearbeitet hatten, nun innehielten und neugierig zu ihnen rüberschielten.

»Mein Papa und Kingston Senior, der ehemalige Anführer der Riders, waren mal beste Freunde.« Piper schlug einige Male gegen etwas im Motor, wohl um es zu lockern. »Unzertrennlich. Beide liebten Autos, hatten aber unterschiedliche Ansichten darüber, wie man an sie rankam. Kingston Senior hat krumme Dinger gedreht, den großen Firmen in der Stadt Geld abgeluchst. Er lief gerne in Anzügen rum, als wäre er ein richtiger Geschäftsmann. Papa hatte dafür nicht viel übrig. Er wollte mit ehrlicher Arbeit sein Geld verdienen – oder sagen wir, mit so ehrlicher Arbeit, wie das in Los Carros nun mal möglich ist.«

Max nickte. Er kannte die Spielregeln dieser Stadt gut. Sicher war das eine oder andere Ersatzteil hier in der Garage nicht ganz normal im Laden gekauft worden.

»Papa ging es immer darum, die Kids von der Straße zu holen«, fuhr Piper fort. »Damit sie sich nicht mit wirklich schlimmen Leuten einlassen. Hier können sie stattdessen was übers Tunen lernen, an Autos rumschrauben, sich eine Zukunft aufbauen.«

Max sah sich um. Tatsächlich erkannte er jetzt, dass viele der Gearheads noch ziemlich jung waren. Die meisten trugen Werkzeuge oder Autoteile herum oder räumten auf und fegten. Fünf jugendliche Mädchen und Jungs standen vor der offenen Motorhaube eines typisch amerikanischen Oldtimers und hörten einer Mechanikerin dabei zu, wie sie ihnen etwas erklärte. Die Stimmung schien insgesamt sehr gut, es wurde viel gelacht und geredet. Irgendwo ließ jemand einen Motor aufheulen, was vielstimmig bejubelt wurde. Ein Radio dudelte im Inneren der Werkstatt vor sich hin. Die Gearheads wirkten nicht wie eine Gang aus gefährlichen Kriminellen, so wie die Polizisten es dargestellt hatten. Sie wirkten eigentlich ziemlich nett.

»Wie ist es gekommen, dass die Riders jetzt eure Gegner sind?«, fragte Max neugierig.

»Vertragsbruch«, murmelte Piper. Sie hielt jetzt wieder den Lappen in der Hand und säuberte damit einen dünnen Stab, den sie von irgendwo aus dem Motor gezogen hatte. Max vermutete, dass sie den Ölstand überprüfte. Ihr Blick verriet ihm, dass sie mit dem Ergebnis zufrieden war.

»Es gibt Verträge zwischen Gangs?«, fragte er skeptisch. Das kam ihm doch reichlich spießig vor.

»Natürlich.« Piper richtete sich auf und zuckte mit den Schultern. »Das ist Ehrensache, da hält man sich dran. Im Vertrag war alles geregelt, was meinem Vater und Kingston wichtig war: gegenseitiger Waffenstillstand, die Aufteilung der Territorien, dass die Kids in nichts verwickelt werden.«

Sie seufzte und wischte sich Schweiß von der Stirn, ehe sie erneut auf den Werkzeugkasten deutete. »Ich brauche den Vierer-Einmaulschlüssel.«

»Äh, klar«, machte Max zum zweiten Mal und starrte hinab in den Kasten auf etwa zwei Dutzend Schraubenschlüssel, Zangen und Hämmer. Unsicher schob er einige der Werkzeuge beiseite. Was war das gewesen? Ein … Einmal…schlüssel?

»Und dann hat Kingston den Vertrag doch gebrochen?«, fragte er, um etwas Zeit zu gewinnen.

Plötzlich kam eine große Hand von oben, griff zielsicher nach einem länglichen Schraubenschlüssel und hielt ihn Max hin. In den Griff war eine kleine Vier eingraviert.

»Kingston hat den Vertrag nicht gebrochen«, sagte eine tiefe Stimme, die zu der Hand gehörte, und als Max aufsah, befand sich vor ihm ein älterer Mann im Rollstuhl, der ihn traurig anlächelte. »Mein Freund ist eines Tages verschwunden. Und kurz darauf beide unterzeichneten Versionen des Vertrags.«

Max blinzelte überrascht.

»Darf ich vorstellen?«, sagte Piper hinter ihm. »Papa, das ist Max. Max, das ist John, mein Vater, Anführer der Gearheads.«

Das hätte Max auch so erkannt, denn die Ähnlichkeit war unbestreitbar. Pipers Vater hatte die gleichen Sommersprossen im alternden Gesicht, und zwischen grauen Strähnen schimmerte das gleiche rotbraune Haar wie das seiner Tochter hindurch. Aber während Piper stets voller Tatendrang zu sein schien, machte ihr Vater einen erschöpften Eindruck. Er seufzte, als Max ihm den Schraubenschlüssel abnahm, um ihn an Piper weiterzureichen, und ließ die großen, früher sicher kraftvollen Hände müde zurück in seinen Schoß sinken.

»Ich sehe dich hier zum ersten Mal, Junge«, sagte John. »Woher kennt ihr euch?«

Kurz dachte Max daran, Pipers Vater zu stecken, dass sie ihn knallhart ausgenutzt hatte, um den Cops zu entkommen, aber er brachte es nicht übers Herz. »Sie hat mich davor bewahrt, an die Kingston Riders ausgeliefert zu werden«, antwortete er stattdessen mit der schmeichelhafteren Version der Wahrheit.

»Ah«, machte John und schüttelte langsam den Kopf. »Es ist schade, was aus den Riders geworden ist. Wirklich sehr schade. Seit Kingston nicht mehr da ist und sein Sohn …« Er stockte kurz, und sein Blick ging durch Max hindurch wie ins Leere, als erinnerte er sich an vergangene, bessere Zeiten. »Ach, was rede ich? Es nutzt ja doch nichts.«

»Schon gut, Papa.« Piper legte ihrem Vater tröstend eine Hand auf die Schulter. »Trixi hat dich heute Morgen gesucht.« Sie deutete mit der anderen Hand zu der Mechanikerin beim Oldtimer. »Wieder mal irgendwas mit der Vorderachse. Du kannst ihr sicher helfen.«

John legte seine Hände an die Räder des Rollstuhls, und Kies knirschte, als er sich zur Werkstatt hindrehte. Er schien froh zu sein, etwas zu tun zu haben. »Dann lasse ich euch mal weiterarbeiten«, verabschiedete er sich und rollte hinüber zu der kleinen Gruppe vor der Garage, aus der noch immer leise Radiomusik drang.

Max dämmerte langsam, wieso Piper ihm zuvor nicht geantwortet hatte, ob ihr Vater auch Rennen fuhr. Vielleicht hatte er das mal getan, früher. Aber dann musste etwas Schreckliches passiert sein, ein Unfall vielleicht. Und die Sache mit Kingston …

Piper neben ihm seufzte. »Du musst meinen Vater entschuldigen«, sagte sie. »Er hat die Sache mit Kingston nie ganz überwunden. Offiziell ist er zwar noch immer der Anführer der Gearheads, aber das meiste mache mittlerweile ich.«

Max konnte sich nicht vorstellen, wie es sein musste, seinen besten Freund zu verlieren. Wie es Stanni wohl gerade ging? Ob er sich Sorgen machte oder vielleicht sogar Vorwürfe? Max schob den Gedanken daran ganz schnell beiseite.

»Was meinte er damit, dass die Verträge verschwunden sind?«, fragte er, um sich abzulenken.

Piper, die grade eine letzte Schraube festzog und dann die Motorhaube zuklappte, zog grimmig die Augenbrauen zusammen. »Sie sind nicht verschwunden. Junior, Kingstons Sohn, hat sie gestohlen. Ganz sicher.« Sie wischte sich die öligen Hände an der ohnehin schon dreckigen Hose ab. »Aber ich will dich wirklich nicht mit unserer tragischen Familiengeschichte nerven. Du willst doch sicherlich ohnehin los. Immerhin sind wir quitt.«

Eigentlich hatte Piper recht. Er musste dringend einen Ausweg aus dem Spiel finden oder zumindest eine Möglichkeit, Stanni zu kontaktieren. Doch wo sollte er mit seiner Suche beginnen? Er war ganz auf sich allein gestellt, kilometerweit entfernt von dem Ort, an dem er aus dem Portal gepurzelt war. Er würde Hilfe brauchen, und Piper und ihre Leute schienen nett zu sein – ganz im Gegensatz zu den Polizisten in dieser Stadt. Max war sich allerdings nicht sicher, wie er ihr erklären sollte, was mit ihm passiert war. Mit Sicherheit würde sie ihn für vollkommen durchgeknallt halten und ihm kein Wort glauben. Er brauchte eine gute Gelegenheit, um sie unauffällig nach möglichen weiteren Portalen zu fragen. Wenn es mehrere im Spiel gab, dann wusste sie darüber bestimmt Bescheid.

»Mich nervt eure Geschichte nicht«, sagte er deshalb, um das Gespräch nicht abreißen zu lassen, und setzte sich auf einen Stapel Reifen, die hinter ihm aufgetürmt waren. »Ich höre dir gerne zu.«

Piper lächelte, lehnte sich nach hinten auf die nun geschlossene Motorhaube und verschränkte die Arme. »Das alles fing mit dem Verschwinden von Kingston Senior an …«

Senior, so erfuhr Max, war natürlich nicht sein richtiger Vorname. Der beste Freund von Pipers Vater hieß Carlos. Sein Sohn allerdings hatte denselben Namen, und damit es nicht zu Verwechslungen kam, nannten die meisten den älteren Senior und den jüngeren eben Junior. Nachdem Kingston Senior verschwunden war, wurde Junior zum Anführer der Riders, und er hatte große Pläne. Ihm gefiel die strikte Trennung der Territorien nicht. Er wollte mehr Macht und Geld.

»Doch alle wussten von dem Vertrag«, erklärte Piper. »Der hinderte Junior daran, seinen Einfluss zu vergrößern.«

»Also hat er ihn gestohlen?«, riet Max.

»Genau!«, antwortete Piper, und Max konnte ihr richtig ansehen, wie wütend sie wurde, während sie davon sprach. »Eines Tages kamen Papa und ich bei der Garage an, und der Safe mit den Dokumenten war einfach verschwunden. Junior behauptet allerdings, *wir* hätten in Wahrheit die Version seines Vaters geklaut, um nach dessen Verschwinden einen Bandenkrieg anzuzetteln.«

»Was für ein Widerling!« Auch Max wurde langsam sauer. Er kannte den Typen nicht mal und hatte überhaupt nichts mit diesen Banden am Hut, aber wenn er von solchen Ungerechtigkeiten hörte, machte ihn das rasend. »Aber beweisen könnt ihr ihm nichts?«

Frustriert kickte Piper nach einem Stein. Er rollte einige Meter weiter ins Gebüsch, dort, wo das Vordach endete. »Leider nein. Deswegen gilt der Vertrag nicht mehr, und die Riders breiten sich immer weiter aus. Die Werkstatt bekommt kaum noch Aufträge, weil alle Angst haben, Junior damit zu verärgern. Aber ich wette, er hat die Dokumente noch irgendwo in seinem Hauptquartier, um sie uns irgendwann unterzujubeln und uns die ganze Sache anzuhängen.«

»Wenn du dir da so sicher bist, wieso stiehlst du sie nicht einfach zurück?« Für Max klang das wie eine klassische Mission in Ultimate Car Drifters. Da musste man ständig irgendwo einbrechen und was Wichtiges oder Wertvolles klauen. Das hatte er also schon Hunderte, vielleicht sogar Tausende Male gemacht.

Piper aber lachte nur trocken und zog ihr Handy hervor. Kurz tippte sie darauf herum, dann hielt sie es Max vors Gesicht.

»Sein Büro ist im obersten Stockwerk dieser hässlichen Wolkenkratzer, der Kingston Towers.«

Max lehnte sich vor, um das kleine Handybild besser erkennen zu können. Darauf abgebildet waren zwei zusammenhängende gläserne Hochhäuser, die höher waren als alle anderen Gebäude ringsherum. Er kannte diesen Komplex. Er war das Wahrzeichen der Skyline von Los Carros. Hässlich fand er die Türme jetzt nicht, nur etwas protzig, aber er erinnerte sich, wie er einmal online mit ein paar Freunden mühsam bis auf die Plattform ganz oben geklettert war, nur um dort absolut nichts Interessantes zu finden, nicht mal ein Sammelobjekt oder ein Easter Egg.

Genau deshalb wurde er jetzt stutzig, als er mit zusammengekniffenen Augen auf die Wolkenkratzer blickte. Mit Zeigefinger und Daumen zoomte er an das Bild heran, vergrößerte die oberste Plattform. Und tatsächlich, diesmal wartete eine Überraschung auf ihn! Dort, auf dem Dach der Kingston Towers, schwebte …

»… der Nullpunkt?!«, stammelte er.

»Wie bitte?«, fragte Piper.

»Äh, nichts!« Max zwang sich, ruhig zu bleiben, auch wenn er die Aufregung im Magen spürte. Das leuchtende Gebilde auf dem Foto sah exakt aus wie der Kristall im Garten der Puhmanns. Aber er durfte sich nichts anmerken lassen. Wenn er Piper jetzt erklären würde, dass sie sich in einem Videospiel befanden, in dem alle nur digitale Charaktere waren, würde sie ihn wahrscheinlich einfach auslachen und dann vom Hof jagen.

Aber er musste unbedingt auf dieses Gebäude. Wenn es mehrere Nullpunkte gab, konnte er darüber bestimmt eine Verbindung zu Stanni herstellen und wieder zurück nach Los Lamas finden. Doch wie sollte er da nur raufkommen?

»Habt ihr nie versucht, da hochzukommen?«, fragte er betont unauffällig.

Piper lachte und steckte ihr Handy wieder ein. »Dutzende bestens ausgebildete Wachleute. Türen mit Fingerabdruck-Scannern. Korridore voller Laserstrahlen, die schon bei der kleinsten Berührung einen Alarm auslösen. Und ein Safe mit einem Code, den nur Junior selbst kennt.« Sie vergrub resigniert die Hände in ihren Hosentaschen. »Versteh mich nicht falsch. Das wäre alles machbar. Wenn wir das nötige Geld dafür hätten.«

Hatten die Gearheads aber offensichtlich nicht. Max sah sich um. Klar, hier standen einige echt coole Karren, aber die Garage an sich hatte schon bessere Tage gesehen. Überall blätterte Farbe von den Wänden, hier und da sah er gesprungene Fensterscheiben, die nur mit Klebeband geflickt worden waren. Wehmütig schielte er nach rechts oben, wo sein Kontostand noch immer eine fette Null anzeigte.

Aber das Dollarzeichen brachte ihn auf eine wahnwitzige Idee. Geld war ja nicht das Einzige, was er sich in all seiner Zeit in Ultimate Car Drifters erspielt hatte. Er hatte sein Haus und seine Autos, die er verkaufen konnte. Wenn Piper einen Weg kannte, um auf dieses Gebäude zu kommen, musste er ihr bloß dabei helfen und konnte sich damit gleichzeitig selbst retten. Jackpot!

»Was wäre«, fragte er deshalb mit einem breiten Grinsen, »wenn ich dir sage, dass Geld für mich keine Rolle spielt?«

Piper schien nicht sonderlich beeindruckt, sah kurz an ihm herab, dann wieder rauf in sein Gesicht. Sie zuckte mit den Schultern. »Nichts für ungut, aber du siehst nicht aus wie ein Multimillionär.«

»Und genau damit liegst du falsch!«, sagte Max triumphierend.

»Ach ja?« Piper zog amüsiert eine Augenbraue hoch.

»Zugegeben, die Cops haben mir all mein Geld, den Schlüssel zu meiner Villa und den für meinen Lambo abgenommen …«, zählte er auf.

»Sag bloß, die Goldbarren in deiner Hosentasche haben sie vergessen!« Sie setzte einen gespielt überraschten Gesichtsausdruck auf.

Max stemmte die Hände in die Hüfte. »Ich meine es ernst! Ich habe eine Villa am Strand, und im Safe sicher noch etwas Erspartes. Und ein paar nette Sportwagen stehen auch in der Garage!«

Piper schüttelte lächelnd den Kopf. »Ich bin wohl heftiger in dich reingeknallt als gedacht. Du hast offensichtlich eine Schraube locker.« Sie hob spielerisch drohend den Schraubenschlüssel, als könnte sie damit das Problem beheben.

Irgendwie konnte Max verstehen, dass sie ihm nicht glaubte. Für sie war er ja nur ein 17-Jähriger in kurzer Hose und T-Shirt. Er würde sich an ihrer Stelle auch nicht glauben. Es sei denn, jemand bestätigte ihr seine Geschichte! Jemand, dem sie einfach glauben musste.

Ob das funktionieren kann?, fragte sich Max. In seinem Kopf nahm ein wackeliger Plan Gestalt an. Denn es gab ja Menschen, die wussten, dass er die Wahrheit sagte. Echte Menschen, seine Freunde, mit denen er ständig in diesem Spiel abhing. Ob die allerdings gerade online waren? Ob er sie würde sehen können und sie ihn? Max wusste es nicht. Aber das herauszufinden erschien ihm die beste Chance zu sein, die er gerade hatte.

»Ich schwöre, dass es wahr ist, Piper«, versuchte er es daher weiter. »Wir können zu einem Freund von mir fahren. Er heißt Tuan und ist ein mächtig wichtiger Typ, der im Tempel in der Innenstadt lebt. Der wird dir bestätigen, dass ich nicht lüge!«

Darüber musste Piper nun endgültig schallend lachen. »Der Tempel?«, prustete sie. »Dein Freund wohnt im Tempel? In dem rot-weißen Ding mit dem goldenen Drachen an der Tür?«

»Ja!«, rief Max empört. »Er ist einer meiner besten Freunde! Wenn ich ihn um Geld bitte, leiht er uns sicher was.«

Piper schüttelte amüsiert den Kopf. »Wenn du jemanden brauchst, der dich in die Stadt fährt, damit du nicht laufen musst, kannst du mich auch einfach fragen, statt dir solche Geschichten auszudenken.«

»Ich möchte euch wirklich helfen«, erklärte Max und verschränkte nervös die Finger ineinander. Das war natürlich nur die halbe Wahrheit, aber die musste erst einmal ausreichen.

»Ach, was solls?«, seufzte Piper nachsichtig. »Ich habe ja doch nichts zu verlieren. Wird sicher lustig.« Mit diesen Worten klopfte sie auf die Motorhaube des reparierten Abschleppwagens, ging rüber zur Fahrertür und zog sie auf.

»Na komm, du Multimillionär. Gehen wir deinen reichen Freund besuchen.«

MITTELLOS

Max musste Piper gar nicht groß erklären, wo es langging. Natürlich kannte sie den Tempel in der Innenstadt, jeder in Los Carros tat das. Das riesige Gebäude stach durch seine asiatische Architektur und die knallrote Bemalung deutlich zwischen den Beton- und Glasbauten hervor.

Sie hatten das Radio im Abschleppwagen angeschaltet, und jetzt dudelte leise der Sender »West Side Classics« vor sich hin, während sie durch die Stadt fuhren.

»Dein Freund, der in dem Tempel wohnt«, durchbrach Piper das Schweigen. »Wer genau soll das sein?«

Die Art, wie sie das sagte, ließ erahnen, dass sie ihm immer noch nicht glaubte. Das verriet auch das verschmitzte Lächeln in ihrem Gesicht, als sie kurz ihren Blick von der Straße abwandte und zu ihm rüberschielte.

Max schnaubte. »Tuan ist ein ziemlich wichtiger Typ«, erklärte er. »Hat seine Finger in allerlei … Geschäften.«

Piper räusperte sich skeptisch.

»Nichts Illegales natürlich!«, log Max hastig. Er wusste ja, wie die Gearheads eingestellt waren. Doch seine Worte schienen Piper nur bedingt zu beruhigen. Sie tippte mit den Fingern gegen das Lenkrad.

»Und ich nehme an«, fragte sie misstrauisch, »dass du deine angeblichen Millionen auch durch solche ›Geschäfte‹ gemacht hast?«

Max schluckte und dachte kurz nach. Er konnte ihr natürlich schlecht die Wahrheit darüber erzählen, dass diese Welt für ihn und seine Freunde eigentlich nur ein Spiel war. Freunde wie Tuan, der ingame in seinem riesigen chinesischen Tempel einen schwerreichen Schurken spielte. Das ganze Geld, die Autos, Max' Villa am Strand und Tuans Tempel, das alles hatten sie sich gemeinsam durch Missionen erspielt – die zugegebenermaßen in der echten Welt wohl nicht so ganz erlaubt gewesen wären.

»Wir waren einfach schlau«, wich er daher Pipers Frage aus. »Haben uns hier und da was dazuverdient, die richtigen Zeichen gesehen, haben einige exzellente Deals gemacht, Leute beschützt. Wie richtige Paulberger halt.«

Da musste Piper lachen. »Wie was bitte?«

Max grinste. »Paulberger!«, sagte er stolz. »Das ist, wenn man weiß, was man will. Wenn man sich auskennt, clever ist.«

»Ah.« Sie nickte. »Ein ausgekochtes Schlitzohr also, wie mein Vater sagen würde. Cool.«

Max grinste. »Jetzt hast du es gecheckt.«

Vor ihnen tauchte, unübersehbar, der Tempel auf. Egal, wie oft Max hier vorfuhr, das riesige Tor mit dem goldenen Drachen war immer wieder beeindruckend.

Piper bog auf den Parkplatz ab, auf dem nur vereinzelt ein paar Autos standen, allesamt Schmalspurkarren, verstaubt und langweilig. Kein gutes Zeichen. Max hatte einige von Tuans zahlreichen Sportwagen erwartet.

Als sie ausstiegen, umgaben sie sofort die Geräusche der Großstadt. Bei den Gearheads war es fast idyllisch gewesen, Windrauschen, Lachen, Radiomusik. Im Zentrum von Los Carros aber lag ein alles übertönendes Röhren in der Luft, wie es nur von Hunderten Autos kommen konnte, die alle irgendwo vor einer Ampel warteten, vermischt mit dem Dröhnen und Hämmern von Baustellen und dem schrillen Geräusch von Sirenen. Max hatte sich damals, als er das erste Mal im Tempel gewesen war, gefragt, wieso Tuan ihn ausgerechnet hier hatte errichten lassen und nicht irgendwo weiter draußen im Grünen. Aber bei seinen Dutzenden Besuchen bei Tuan hatte er schnell gelernt, dass dieser Tempel ein magischer Ort war. Kaum betrat man das Innere, herrschte eine unglaubliche Ruhe, nur unterbrochen vom sanften Plätschern eines Seerosenteichs und dem Flüstern einer leichten Brise, die in den Blüten eines riesigen Kirschbaums spielte.

Aber all das war hinter hohen, rot und weiß gestrichenen Wänden verborgen. Hinein führte nur das große Tor mit dem goldenen Drachen, zu dem sie jetzt hinaufsahen. Alles war wie immer. Nur die Wache, die Max vor dem Tor entdeckte, war neu.

Piper lehnte auf der Fahrerseite am Auto, hatte die Arme verschränkt und blickte Max erwartungsvoll an. Er verstand schon. Sie wollte, dass er allein ging, damit sie sich das Spektakel von Weitem ansehen konnte. Er nickte, zeigte unbeholfen auf das Tor und die Wache, die gelangweilt davor herumlungerte, räusperte sich und machte sich auf den Weg.

Während er die wenigen Treppenstufen hinaufstieg, betete Max innerlich, dass Tuan da war. Er hatte das Menü während der Fahrt schon dreimal nach der Liste, die den Onlinestatus von Freunden anzeigte, durchforstet, aber es schien die Übersicht einfach nicht mehr zu geben. Doch sein Freund war ziemlich oft im Spiel, vielleicht hatte er also Glück.

»Es könnte ausnahmsweise ja mal was gut gehen«, murmelte er zu sich selbst, ehe er vor die Wache trat.

»Der Tempel ist für Touristen nicht zugänglich«, grummelte der breitschultrige Mann abschätzig, noch bevor Max Luft geholt hatte, um etwas zu sagen.

»Äh.« Max setzte trotzdem sein charmantestes Lächeln auf. »Ich bin ein Freund von Tuan.«

Der Wachmann starrte ihn finster an. »Wer soll das denn sein?«

Damit hatte Max jetzt nicht gerechnet. Er war emotional darauf vorbereitet gewesen, zu hören, dass Tuan nicht da war oder vielleicht bis zum Hals in eigenen Problemen steckte. Aber dass die Wache nicht einmal wusste, von wem er sprach, verwirrte ihn.

»Tuan?«, wiederholte er deshalb und sprach den Namen besonders langsam und deutlich aus. »Er … ihm gehört der Tempel hier.«

»Klar«, lachte der Mann und stemmte eine Hand in die Hüfte. »Und mir gehören die Kingston Towers.«

Wusste er wirklich nicht, wer Tuan war? Oder war das seine Art, ungewollte Gäste zu verscheuchen?

»Kann ich kurz reingehen und ihn suchen?«, fragte Max bemüht freundlich und versuchte, sich im Reden an dem Wachmann vorbeizuschieben. »Dauert auch nicht lange, er kann dann sicher alles erklären.« Er wusste aus Erfahrung, dass das Tor zwar riesig war, aber nicht sonderlich schwer zu öffnen.

»Nicht so hastig, Kleiner!« Die kräftige Hand des Wachmanns legte sich ihm in den Nacken und zog ihn am Kragen seines T-Shirts wieder zurück.

Max versuchte, sich aus dem Griff zu lösen, aber er hatte keine Chance. »Es ist wirklich wichtig«, flehte er, aber die Wache zog ihn bereits vom Tor weg in Richtung Treppe, wohl um ihn endgültig loszuwerden.

In einem letzten verzweifelten Versuch, sich loszureißen und vielleicht doch noch durch das Tor zu schlüpfen, fuchtelte Max so wild mit den Armen, dass er die Wache tatsächlich am Kopf erwischte. Vermutlich tat es Max wesentlich mehr weh als dem Wachmann, der nicht mal eine Miene verzog, aber der kräftige Kerl hielt trotzdem inne und ließ Max los, ballte die Hände zu Fäusten und ließ warnend die Knöchel knacken.

»Junge, ganz ruhig!« Max hob beschwichtigend die Arme und schielte über die Schulter die Treppe hinab zu Piper, die jetzt vom Wagen weggetreten war, wohl bereit, sich einzumischen. Ein gutes Stück hinter ihr schlenderten gerade zwei Polizisten vorbei, die bereits interessiert in Richtung Tor blickten. Kurz schaute Max erschrocken nach rechts oben, wo halb durchsichtig sein Display zu sehen war. Aber noch blinkte keiner der Sterne auf, die ihm anzeigten, ob er gesucht wurde. Erleichtert atmete er aus. Auf eine weitere Verfolgungsjagd mit den Cops konnte er gut verzichten.

Die Wache aber hatte ganz eindeutig noch ein Hühnchen mit ihm zu rupfen. Drohend trat der bullige Kerl einen weiteren Schritt auf Max zu. Der wich einen Schritt zurück, überschlug im Kopf seine Chancen, heil an diesem Schrank vorbeizukommen, und gelangte ziemlich schnell zu dem Ergebnis »null«. Ihm blieb daher nichts anderes übrig, als die Flucht zu ergreifen. Mit noch immer erhobenen Händen und »Okay, okay!« rufend drehte sich Max um, joggte die Treppe runter und mit hochrotem Kopf an Piper vorbei, die ihm bereits ein Stück entgegengekommen war.

»Richtig so!« brüllte der Wachmann ihm von seinem Posten aus hinterher. »Verschwinde besser, Bürschchen!«

»Lass uns lieber fahren«, knurrte Max und stieg wieder ins Auto. Die Beifahrertür warf er wütend ins Schloss.

Piper setzte sich schweigend hinters Steuer, schnallte sich an und trommelte dann wieder mit den Fingern auf dem Lenkrad herum. Sie blickte fragend zu Max.

»Keiner zu Hause?«, bot sie an.

Max fuhr sich mit der Hand durchs Gesicht und rieb sich dann die Augen, als könnte er noch immer nicht glauben, was gerade passiert war.

»Die Wache«, schnaubte er. »Die muss neu sein. Hat mich nicht erkannt. Amateur!«

»Ah«, machte Piper und ließ den Motor an. »Vielleicht kommen wir einfach später noch mal wieder, ja?«

Max sah zu ihr rüber. Sie lächelte ihn freundlich an, keinerlei Häme in ihrem Gesicht. Sie musste genau gesehen, vielleicht sogar gehört haben, was passiert war. Aber sie gab ihm offenbar eine Chance, schrieb ihn noch nicht vollkommen als Lügner oder Verrückten ab.

»Erklär mir doch mal, wie wir zu deiner Villa kommen«, schlug sie stattdessen vor, während sie vom Parkplatz fuhr und sich in den fließenden Verkehr einfädelte.

Max nickte dankbar, und seine Wut über den unfähigen Wachmann verflog ein wenig. Den Weg von Tuans Tempel zu seinem Haus kannte er natürlich im Schlaf, so oft war er ihn während der gemeinsamen Spielstunden mit seinen Freunden gefahren. Er lotste Piper also problemlos Richtung Meer und von da aus eine lange Straße entlang, die parallel zum Strand verlief.

Sie sprachen kein Wort miteinander während der Fahrt. Max war die ganze Sache am Tempel absolut unangenehm. Einfach so weggeschickt zu werden wie irgendein dahergelaufener Trottel. Was hatte er sich aber auch dabei gedacht? Die Chance, dass Tuan genau jetzt online war, war viel zu gering. Und selbst wenn er gerade spielte, Max wusste ja nicht mal mit Sicherheit, dass er ihn überhaupt treffen konnte. Waren sie in derselben Version von Ultimate Car Drifters? Saßen in den anderen Autos Spieler oder doch eher Figuren wie Piper, die selbst zum Spiel gehörten? Würde er den Unterschied erkennen können, und könnten sie ihn sehen? Er verstand einfach viel zu wenig von seiner Situation und vom Nullpunkt. Und wenn er ehrlich war, schwirrte ihm von den verschiedenen Möglichkeiten auch jetzt schon der Kopf.

»Krass«, sagte Piper und riss ihn damit aus seinen Gedanken. Sie deutete mit dem Zeigefinger an ihm vorbei auf eine der Villen, die sich rechts an der Straße, über die sie gerade fuhren, aneinanderreihten. »Da ist ja eine protziger als die andere!«

»Findest du?«, fragte Max. Er mochte diese modernen Bauten eigentlich echt gerne.

»Wer braucht denn bitte einen eigenen Tennisplatz auf der Terrasse?«, lachte Piper. »Oder so gruselige Marmorstatuen im Garten?«

Da musste Max auch lachen. Einige Leute hier hatten wirklich nicht den besten Geschmack. Und für jemanden, der in einer alten Tankstelle aufgewachsen war wie Piper, musste das alles vollkommen übertrieben wirken.

»Und die hier hat sogar einen Helikopterlandeplatz!«, rief Piper. »Das ist ja absolut –«

»Bevor du etwas sagst«, unterbrach Max sie schnell. »Fahr hier ran. Das ist nämlich meine.«

»Oh.« Piper räusperte sich. »Absolut praktisch, so ein Helikopterlandeplatz. Nichts dran auszusetzen. Das wollte ich sagen.«

Sie setzte den Blinker, lenkte den Wagen auf den rechten Seitenstreifen direkt vor die überdachte Einfahrt.

»Willkommen in meiner bescheidenen Hütte«, grinste Max beim Aussteigen stolz und breitete die Arme aus, um das gesamte Gelände mit seiner Geste zu umfassen.

Piper neben ihm pfiff anerkennend. Von hier aus hatte man einen guten Blick auf das Haus und das umliegende Grundstück. Die Villa selbst war flach und modern in einem einfachen Weiß gehalten, mit einigen Holzelementen als Highlights. Hinter dem Haus, von hier aus nicht zu erkennen, gab es eine Treppe, die hinab zum Strand führte – und zu dem Helikopterlandeplatz, den Piper zuvor von der Straße aus gesehen hatte. Nur einen Helikopter gab es aktuell nicht. Max erinnerte sich nicht mehr ganz genau daran, was mit dem letzten passiert war. Entweder hatte er ihn zu Schrott gefahren oder irgendwem geliehen und natürlich niemals wiederbekommen. Typisch. Aber seine Online-Sessions waren auch einfach meist etwas chaotisch. Da konnte man schon mal schnell einen Helikopter verlieren. Vor allem, wenn man normalerweise genug Cash hatte, um sich kurzerhand einen neuen zu kaufen.

»Und das ist wirklich deine Villa, ja?«, fragte Piper neben ihm.

Max seufzte. »Ich weiß, dass das verrückt klingt. Aber sie gehört wirklich mir.«

»Ganz schön groß für eine Person«, merkte sie trocken an, und auch wenn sie sich Mühe gab, es zu verbergen, sah Max, dass sie seine Reaktion auf die Aussage aus dem Augenwinkel checkte.

Kurz fragte er sich, ob sie sich wohl wunderte, was ein Teenager alleine in einer solchen Villa machte. Es wirkte auf jeden Fall ziemlich komisch. Aber dann erinnerte er sich an Pipers Aussage, dass sie schon als junges Mädchen Autorennen gefahren war. Los Carros war für viele ein hartes Pflaster, und Kids mussten schon früh erwachsen werden, da schien es ihr vielleicht gar nicht so unwahrscheinlich, dass ein 17-Jähriger sein eigenes Strandhaus hatte. Vielleicht wartete sie stattdessen auf seine Reaktion, weil sie wissen wollte, ob er wirklich keine Familie hatte. Irgendwie rührend.

Max sah hinunter auf das Gebäude.

»Nicht ganz alleine, mein kleiner Bruder wohnt hier normalerweise auch«, erklärte er.

Piper lächelte, stellte aber zum Glück keine weiteren Nachfragen. Wie er ihr hätte erklären sollten, dass ein weiterer Freund von ihm seinen kleinen Bruder spielte, den alle nur Paulberger nannten und der vom Aussehen her zwar ein Schulkind war, aber problemlos Auto fahren und gestandene Gangster an der Nase herumführen konnte, wusste er nun wirklich nicht.

»Scheint allerdings, als wäre der grade nicht da«, fügte er mit einem Blick durch das schwere elektrische Tor hinzu, das den Weg zur Villa versperre. Normalerweise öffnete es sich automatisch, sobald Max vorfuhr, aber jetzt blieb es hartnäckig verschlossen. Vermutlich, weil er den Schlüssel zur Villa nicht dabeihatte.

Wäre der kleine Paulberger zu Hause, hätte er das Tor öffnen können, doch Max konnte keinerlei Bewegung oder Lichter ausmachen. Nach der Blamage an Tuans Tempel erstaunte ihn das allerdings auch nicht mehr. Klar hatte er gehofft, dass zufällig einer seiner Freunde hier rumlungern und vielleicht sogar auf ihn warten würde, aber so langsam kam ihm der Verdacht, dass diese Version von Ultimate Car Drifters wohl nicht so funktionierte. Wer weiß, vielleicht spielten seine Freunde gerade wirklich, vielleicht hatte Stanni sie alle zusammengetrommelt und unter einem Vorwand ins Spiel eingeladen, um ihn zu suchen. Aber es schien fast so, als wäre er in seiner eigenen, ganz persönlichen Version dieser Welt gefangen. Hilfe von außen war also nicht zu erwarten.

Piper neben ihm stellte sich auf die Zehenspitzen, um einen besseren Blick auf die Einfahrt zu erhaschen. »Gibst du mir eine Tour?«

»Würde ich ja gerne«, schnaubte Max. »Aber falls du dich erinnerst, die Cops haben mir den Schlüssel …«

Doch Piper hörte gar nicht hin. Sie war bereits auf das Tor geklettert, schwang gekonnt ihre Beine rüber und landete federnd auf der anderen Seite.

»In seine eigene Villa kann man ja wohl kaum einbrechen, oder?«, zwinkerte sie.

Max fiel die Kinnlade runter. Keine Sekunde hatte er daran gedacht, dass sie einfach über das Tor klettern konnten.

»Stimmt!«, lachte er daher erleichtert und machte sich daran, ebenfalls über das Tor zu klettern. Zum Glück war sein Avatar recht sportlich und machte eine gute Figur dabei. Nachdem er auf der anderen Seite gelandet war, zupfte er sein T-Shirt zurecht, schob die Kappe wieder etwas zurück und bot schließlich Piper seinen Arm an wie ein echter Gentleman.

»Sie hatten eine Haus-Tour bestellt?«, fragte er in gespielt schnöseligem Tonfall.

Piper prustete laut los, hakte sich aber bei Max unter, und gemeinsam schlenderten sie gemütlich die lange, weiß gepflasterte Einfahrt hinunter, die von Palmen und Sträuchern gesäumt war.

»Rechter Hand sehen Sie den Basketballplatz, von dem der Besitzer behauptet, er nutze ihn täglich, aber unter uns gesagt, ich habe ihn noch nie hier spielen sehen«, erzählte Max in seiner besten Museumstour-Stimme, und Piper antwortete mit gespieltem »Oh!« und »Aha« und »Wirklich?!« auf alle Details der Architektur, die Max hervorhob.

Am Hauseingang angekommen, spähten sie durch die verglaste Tür ins Innere, aber wie erwartet war niemand da. Auch die Garage war fest verschlossen, und Max konnte Piper nur beschreiben, welche Autos darin auf ihn warteten. Allen voran natürlich sein geliebter Lamborghini.

Anschließend wollte er ihr den Pool zeigen, der sich auf der anderen Seite des Hauses im Garten befand. Es musste jetzt früher Nachmittag sein, und trotz der stetigen Brise war es richtig warm geworden. Vielleicht, dachte Max und wischte den Schweiß von seiner

Stirn, konnten sie sogar einen Sprung ins Wasser riskieren. Bei dem Wetter würde ihre Kleidung sicherlich schnell wieder trocknen.

Aber kaum waren sie um die Ecke in den Garten getreten, löste sich Piper plötzlich von seinem Arm, lief nach vorne auf die Terrasse und lehnte sich staunend über das Geländer.

»Was für eine Aussicht!«, rief sie zu Max, der ihr lächelnd hinterherkam.

Ja, die Aussicht konnte sich sehen lassen. Die Villa stand leicht erhöht an einem Hang, so hatte man einen prächtigen Blick hinab, wo sich der tiefblaue Ozean erstreckte, bis er am Horizont auf den Himmel traf. Einige Jachten dümpelten zwischen den niedrigen Wellen auf und ab. Möwen segelten träge über dem Wasser, ließen sich von der warmen Luft tragen.

Max legte sich auf eine der Sonnenliegen, die neben dem Pool auf einem schmalen Stück Rasen standen, und blinzelte hinauf in den Himmel über seinem Haus. Erst jetzt fiel ihm auf, dass es eigentlich etwas komisch war, die Sonnenliegen zur Villa hin auszurichten und nicht zum Meer. Im richtigen Leben würde er wohl lieber aufs Wasser schauen. Piper setzte sich neben ihn auf eine weitere Liege, stützte die Ellbogen auf die Knie und legte ihr Kinn in die Hände.

»Das ist wirklich dein Haus, oder?«, fragte sie schließlich in einem ernsten Tonfall. »Du hast keinen Mist erzählt.«

»Klar«, sagte Max nur und schloss die Augen. Die Sonne war warm auf seinem Gesicht. Er fragte sich, ob man wohl digitalen Sonnenbrand bekommen konnte.

»Wie hast du das alles nur bezahlt?«, wunderte sich Piper.

»Ich hab's dir doch erklärt«, fing er an.

»Paulberger. Ich versteh schon.« Sie kicherte.

»Aber das ist ja doch alles egal«, grummelte er und rieb sich die geschlossenen Augen. »Jetzt habe ich nichts mehr. Kein Geld, kein Haus, kein Auto. Die Cops geben mir meine Schlüssel sicher nicht zurück. Und in Los Carros gibt es bestimmt kein Amt, auf dem ich mich über sie beschweren könnte.«

»Hm.« Piper summte nachdenklich. »Zumindest keins, das nicht auch von den Riders kontrolliert wird. Aber du kannst bestimmt eine Weile in der Werkstatt unterkommen«, sagte sie aufmunternd.

Mit einem Ruck setzte sich Max auf, so plötzlich, dass Piper kurz zurückschreckte.

»Darum geht es ja gar nicht«, sagte er vehement, vielleicht etwas zu laut. »Wenn's sein muss, schlaf ich hier auf der Terrasse und bade im Pool für den Rest meines Lebens.« Er nahm seine Kappe ab und fuhr sich durchs Haar. »Aber ich wollte euch wirklich helfen, diese Verträge wiederzukriegen.«

Und mir helfen, wieder nach Hause zu kommen. In mein richtiges Zuhause, dachte er bitter, sagte es aber nicht.

Piper sah ihn erstaunt an, dann lächelte sie sanft, lehnte sich nach vorne und drückte seinen Arm. Es war eine unerwartete Berührung, aber nach einem kurzen Moment der Überraschung erwiderte Max ihr Lächeln.

»Als du gesagt hast, du hast jetzt nichts mehr ...«, sagte sie, und ihre Wangen wurden leicht rot. »Das stimmt nicht ganz. Du hast noch das hier.«

Mit diesen Worten zog sie ein Handy aus ihrer Hosentasche und hielt es ihm hin.

Verwirrt setzte sich Max die Kappe wieder auf und starrte auf das Smartphone. Er brauchte eine Sekunde, dann noch eine, ehe er verstand. Das war das Handy, das er ganz zu Beginn, als er grade kapiert hatte, wie er die Menüs öffnen konnte, gesucht hatte. Das Handy, das jeder Spieler ingame nutzen konnte! Als er es nicht durch Gedankenkraft hatte öffnen können, war er davon ausgegangen, dass es in dieser Version des Spiels nicht existierte.

»Wo ... wann ... wie?!«, stotterte er und nahm das Handy entgegen.

Piper kratzte sich nervös am Oberarm. »Als ich in dich reingerannt bin, hab ich's dir aus der Tasche geklaut. Aus Gewohnheit«, erklärte sie zerknirscht. Sie konnte ihm nicht in die Augen sehen, es war ihr sichtbar peinlich.

»Mechanikerin, Rennfahrerin und Taschendiebin? Gibt's was, was du nicht kannst?«, fragte Max lachend, wischte das leicht verschmierte Display des Handys sauber und hielt den Powerbutton gedrückt, bis das Logo des Herstellers aufleuchtete.

»Ich wollte es dir schon früher zurückgeben«, sagte Piper weiter. »Aber bei dem ganzen Durcheinander habe ich's total vergessen.«

Doch Max hörte ihr nur mit einem halben Ohr zu. Er war viel zu abgelenkt von dem, was grade auf dem Display des Handys passierte. Kaum war der Startbildschirm erschienen, ploppten eine Vielzahl von Meldungen auf. Max' Augen weiteten sich, während er sie alle überflog. Er drehte sich leicht zur Seite, damit das Display mehr im Schatten lag und er sicher sein konnte, dass er richtig sah. Aber es bestand kein Zweifel.

Die Meldungen waren nicht etwa Nachrichten oder verpasste Anrufe. Es waren Missionen. Jede Menge Missionen. Und für alle gab es fette Belohnungen.

»Ich behalte nie, was ich geklaut habe«, sagte Piper gerade, die gar nicht bemerkt hatte, wie gefesselt Max war. »Mir geht's eher darum, ob ich es unauffällig schaffe.« Sie hielt inne, hatte offensichtlich endlich erkannt, dass Max nicht mehr bei der Sache war. »Alles okay?«, fragte sie besorgt.

»Ja«, krächzte Max und starrte weiter dahin, wo sein Daumen beim Durchscrollen der Missionen innegehalten hatte. *Der Kingston Towers-Raub* stand dort, und darunter die Quest-Details. Ziel: *Hilf, den Frieden zwischen Gearheads und Kingston Riders wiederherzustellen.*

Belohnung: Ein Weg nach Hause
Von: Piper
Schwierigkeitsgrad: Ultraschwer

AUTOKLAU

Max wurde plötzlich ganz heiß vor Aufregung. Er konzentrierte sich kurz auf die Mini-Map, die sofort halb durchsichtig vor ihm auftauchte. Auf ihr waren Missionen normalerweise mit dem Anfangsbuchstaben des Auftraggebers markiert. Und tatsächlich, direkt neben dem kleinen Pfeil, der Max' eigene Position darstellte, war ein »P« eingezeichnet. Das war vorher definitiv noch nicht da gewesen.

Er blinzelte, schloss die Mini-Map wieder und schielte zu Piper, die gedankenversunken auf das glitzernde Wasser des Pools blickte. Dann schaute er wieder hinab auf das Display seines Handys und ließ den Daumen über dem Button schweben, mit dem er die Mission annehmen würde. War das wirklich sein Weg nach Hause? Hatte der Nullpunkt ihn gar nicht hier im Spiel festgesetzt, sondern ihm eine eigene Mission erstellt, die er spielen konnte?

Er verstand leider viel zu wenig von diesem mysteriösen Kristall, um einschätzen zu können, ob das Sinn ergab oder überhaupt möglich war. Aber es war seine einzige Hoffnung.

Er drückte den Button. Die Mission sprang um auf »Aktiv«. Nichts weiter passierte. Aber das wunderte Max nicht, denn mit Missionen kannte er sich aus. Piper war die Auftraggeberin, und die hatte ihm einen ziemlich deutlichen Auftrag gegeben: Geld für den Raub besorgen. Den Rest musste er nun selbst erledigen. Und dank der übervollen Missionsliste wusste er jetzt auch genau, wie er das anstellen würde.

»Piper, sieh dir das an!«, rief er begeistert und scrollte auf dem Display zu der Mission mit der größten Belohnung, die er eben schon gesehen hatte.

Sie drehte sich überrascht um und blickte auf das Handy, das Max ihr entgegenhielt. Erst kniff sie die Augen zusammen, dann riss sie sie wieder auf.

»Die Startlocation fürs Drift Match? Wo um alles in der Welt hast du die her?«, stieß sie vollkommen überrumpelt aus.

Natürlich konnte er ihr nicht sagen, dass es sich um eine Mission in einem Videospiel handelte, aber er hatte sich bereits eine gute Erklärung zurechtgelegt.

»Die hat mir Tuan gerade geschickt«, log er mit einem fetten Grinsen im Gesicht. »Er hatte wohl keine Zeit, mich persönlich zu treffen, wollte aber trotzdem helfen.«

Piper sprang vor Aufregung auf. »Weißt du überhaupt, was er dir da gegeben hat?!«, fragte sie, ihre Stimme ganz schrill vor Freude.

»Das ist ein Autorennen, oder?«, tippte Max schulterzuckend. Er hatte die Beschreibung nur kurz überflogen und vor allen Dingen auf das unverschämt hohe Preisgeld geachtet.

»Das ist *das* Autorennen!«, korrigierte Piper ihn. Sie schritt jetzt vor ihm auf und ab. »Die Startlocation erfährt man erst am Tag des Rennens, die genaue Strecke erst an der Startlinie selbst. Es ist super exklusiv, nur drei Teams treten jeweils an. Es ist quasi *unmöglich,* eine Einladung zu bekommen!«

»Hier steht, wir müssen eine Maske tragen?«, fragte Max irritiert.

»Natürlich!«, rief Piper, als wäre das vollkommen klar. »Damit alle Teilnehmer anonym bleiben. Das Rennen ist nicht gerade … legal.« Sie lachte nervös.

»Das Geld«, sagte Max. »Die Belohnung für den ersten Platz. Reicht das? Für euren Plan, die Verträge zurückzuholen?«

Piper nickte heftig. »Für den Plan plus Pizza für alle danach!«

Max grinste breit und steckte das Handy in seine Hosentasche. »Dann überleg dir schon mal, was für eine Maske du tragen willst.«

»Darüber denke ich nach, seit ich Auto fahren kann!«, entgegnete Piper und wippte aufgeregt auf den Füßen vor und zurück. Plötzlich hielt sie jedoch inne. »Verdammt«, fluchte sie. »Wir haben kein Auto! Mein Abschleppwagen ist niemals schnell genug …«

Aber Max zwinkerte ihr zu. Er nickte in Richtung seiner Garage. »Ich glaube, ich habe da noch was rumstehen.«

Sie gingen zurück zur Garage, an der sie auf dem Hinweg nur kurz stehen geblieben waren. Das flache Gebäude, verblendet mit edlen grauen Marmorplatten, hatte keinerlei Fenster, sondern nur drei große Tore aus hellen Holzplanken – zwei zum Haus hin und eins in Richtung Einfahrt – sowie eine schmale Tür. Dahinter wartete, das wusste Max genau, sein Lamborghini, das perfekte Auto für ein Rennen, das sie unbedingt gewinnen mussten. Das einzige Problem war, dass die Garage ebenso verschlossen war wie der Rest der Villa.

Um ganz sicherzugehen, rüttelte Max an der Tür, aber sie bewegte sich nicht. Eigentlich sollte er sich darüber freuen, immerhin hieß das, dass seine Autos absolut sicher waren. In seiner jetzigen Situation aber war das natürlich überhaupt nicht hilfreich.

Piper neben ihm stemmte ihre Hände in die Hüften. »Und da drinnen ist also unser Rennwagen, ja?« Diesmal klang ihre Stimme nicht zweifelnd. Offenbar glaubte sie ihm endlich. Die Einladung zum Rennen, die angeblich von Tuan gekommen war, schien Beweis genug zu sein, dass er zumindest keinen absoluten Unsinn erzählte. Wenn sie jetzt noch die Autos sehen könnte, würden ihre Zweifel bestimmt komplett verfliegen.

»Nicht nur irgendein Rennwagen«, erklärte Max stolz. »Ein Lamborghini Huracán Evo.«

»Schicke!« Pipers Augen glänzten, und sie legte ihre Hand auf eines der Holztore, als könnte sie die Macht des Wagens auf der anderen Seite spüren. »Zehn Zylinder V10 Motor, 640 PS, von 0 auf 100 in was? 3,2 Sekunden?«

»2,9 Sekunden«, korrigierte Max beeindruckt. Man merkte, dass Piper wirklich mit Autos groß geworden war.

»Mit dem gewinnen wir garantiert«, flüsterte sie ehrfürchtig.

»Tja«, sagte Max und trat leicht gegen die Tür, vor der er noch immer stand. »Erst mal müssen wir ihn allerdings da rausbekommen. Kein Schlüssel, du erinnerst dich?«

Piper runzelte die Stirn, dann begann sie, vor der Garage hin- und herzulaufen, fuhr mit den Fingern über jede Kante und Nische, wohl in der Hoffnung, irgendwo eine Lücke zu finden.

Auch Max schaute sich um. Er kam zwar nicht ins Haus, aber auf dem Grundstück gab es trotzdem jede Menge Kram, der ihnen vielleicht weiterhelfen könnte. Rechts von der Garage war zum Beispiel der Basketballplatz, auf dem sich, neben dem Ball natürlich, auch eine Liege und ein kleiner Tisch mit Getränken drauf befanden. Hinter Max, vor der Villa selbst, stand außerdem ein Barbecue-Grill zwischen einigen Pflanzenkübeln.

Max dachte angestrengt nach, sah hinauf zum Basketballplatz, schüttelte schließlich den Kopf und ging nach hinten zum Grill und den Pflanzen, rüttelte an beidem, um zu testen, wie schwer sie wohl waren. In seinem Kopf setzte sich langsam ein Plan zusammen.

Piper hatte indessen die gesamte Garage umrundet, war über ein Gitter an der Seite auf das flache Dach geklettert und lag dort auf dem Bauch.

»Aha!«, rief sie von oben. »Das habe ich mir gedacht. Hier ist ein schmaler Lüftungsschacht.«

»Ach ja?«, fragte Max von unten, während er den Grill anhob, kurz abschätzend wog und mit gerunzelter Stirn wieder abstellte.

»Ich kann durch den Schacht hindurch die Torverriegelung sehen«, fuhr sie oben fort. Sie hörte sich leicht gedämpft an, weil sie vermutlich gerade in die Garage reinguckte.

»Das ist ja toll«, sagte Max und hob jetzt mit Mühe einen der Pflanzenkübel hoch, schätzte auch sein Gewicht ab und nickte zufrieden.

»Wenn wir einen langen Draht oder so was in der Art hätten«, überlegte Piper und setzte sich auf, »könnte ich damit die Verriegelung von hier lösen.«

»Faszinierend«, ächzte Max unter dem Gewicht des Kübels, den er jetzt zu einem der Garagentore schleppte.

»Ist die Verriegelung erst gelöst«, erklärte sie weiter und sprang wieder vom Dach runter in die Einfahrt, »kann man das Tor einfach aufschieben!«

»Absolut. Total deiner Meinung«, keuchte Max, dann holte er mit dem Kübel im Arm Schwung und ließ das schwere Teil mit Wucht gegen das Tor krachen.

Piper sprang erschrocken zurück, und auch Max hob schützend die Arme vors Gesicht, als ihm einige Splitter um die Ohren flogen.

Einige Sekunden lang standen sie nur bewegungslos da und starrten auf das Tor. Es war natürlich nicht gänzlich zerstört, aber der schwere Kübel hatte es ein ganzes Stück eingedrückt, sodass es bereits etwas schief in den Angeln hing.

»Max!«, stieß Piper endlich empört aus. »Das ist deine Garage!«

Er lachte auf. »Stimmt! Ich darf also damit machen, was ich will.«

Sie verschränkte die Arme vor der Brust und sah ihn kopfschüttelnd, aber grinsend an.

Max zuckte nur mit den Schultern. »Das Auto ist wichtiger!«, entschied er. »Jetzt komm.«

Er rollte den Pflanzenkübel zur Seite und trat an das kaputte Tor, noch unsicher, wie er es vollends öffnen sollte. Bevor er zu einer Lösung gelangt war, schob Piper ihn allerdings bereits zur Seite, hob ihr rechtes Bein und verpasste dem gesplitterten Holz einen kräftigen Tritt mit ihrem schweren Stiefel. Die getroffene Holzplanke gab knackend nach und brach unter der Wucht des Aufpralls. Ein zweiter gezielter Tritt, und ihr Fuß war durch. Mit den Händen drückte sie den Balken nach innen, der polternd zu Boden fiel. Nun hatten sie eine Lücke, die breit genug war, um hindurchzuklettern.

»Äh. Danke.« Max war etwas perplex, so viel Einsatz hatte er nicht erwartet. Aber Piper machte eben keine halben Sachen. Zufrieden klopfte sie sich die Hände an der Hose ab und spähte in die Garage.

Auch Max beugte sich jetzt vor und warf einen Blick ins Innere. Und da, neben einem hellblauen Bentley, stand er, sein geliebter Lamborghini. Gewachst und poliert glänzte er silberfarben in der Neonbeleuchtung. Er war sein absolutes Lieblingsauto in Ultimate Car Drifters, daher fuhr er mit ihm auch am häufigsten. Den Wagen jetzt so vor sich zu sehen war trotzdem noch mal ein ganz anderes Gefühl. Es fühlte sich … real an. Er konnte es kaum erwarten, den Lambo aus der Garage zu holen und das erste Mal als er selbst zu fahren, nicht nur als seine Spielfigur …

Mit einem ohrenbetäubend schrillen Heulen sprang in diesem Moment die Alarmanlage an. Piper, die schon mit einem Fuß in der Garage stand, erstarrte und presste sich die Hände auf die Ohren.

»Verdammter Mist!«, fluchte sie und drehte sich zu Max um. »Was jetzt?«

Aber Max war entspannt. Er hatte damit gerechnet, immerhin war er es gewesen, der die Alarmanlage gekauft hatte. Er mochte seine Online-Freunde ja echt gerne, aber in letzter Zeit waren sie immer häufiger hier aufgetaucht, um ihm Streiche zu spielen. Zum Beispiel so zu tun, als stünde das Haus zum Verkauf, Kleinigkeiten aus dem Haus mitgehen zu lassen oder Partys ohne ihn zu feiern. Daher hatte er das Haus ein wenig nachgerüstet.

Zügig kletterte er an Piper vorbei ins Innere der Garage, wo an der gegenüberliegenden Wand ein kleiner Bildschirm und ein Touchpad angebracht waren. Auf dem Display blinkte »Passwort?«.

Max musste nur kurz nachdenken, ehe es ihm wieder einfiel. Es war ein Insider, ein Gag zwischen ihm und seinem »kleinen Bruder«, gespielt von einem seiner Kumpels. Bei einem Tuning-Wettbewerb, bei dem sie beide je drei Autos aufmotzen mussten, hatte Max als kleines Easter Egg »Paulnoob« auf das Nummernschild geschrieben, um den Bruder, den sie normalerweise Paulberger nannten, zu ärgern. Der Gag hatte Max einen Punkt und danach den Sieg eingebracht.

Er musste lächeln, als er sich an den Wettbewerb erinnerte und das Wort »PAULNOOB« auf dem Touchpad eintippte. Mit einem siegessicheren Grinsen bestätigte er seine Eingabe.

Der Alarm setzte aus, und es wurde schlagartig still. Und dann, kaum eine Sekunde später, setzte er wieder ein, diesmal doppelt so laut.

Piper, noch immer halb innerhalb, halb außerhalb der Garage, presste ihre Hände noch fester auf ihre Ohren und sah entsetzt zu Max rüber.

»Was zur …?«, murmelte der.

Das war das richtige Passwort, ganz sicher! Oder hatte er sich vielleicht vertippt? Dieser irre laute Alarm konnte einen schon aus dem Konzept bringen. Er starrte auf das Display. Seine Augen weiteten sich. Da, wo eben noch »Passwort?« gestanden hatte, scrollte jetzt ein kurzer Text über den Bildschirm.

Falsches Passwort, Maxnoob. Viel Spaß mit der Polizei!

Max blieb der Mund offen stehen vor Erstaunen. Sein kleiner Bruder hatte die Alarmanlage umprogrammiert, um ihm einen Streich zu spielen! Vermutlich wäre sie so oder so bei seinem nächsten Besuch in der Garage losgegangen, Einbruch hin oder her. Und der kleine Paulberger hätte irgendwo auf der Lauer gelegen und sich kaputtgelacht, während Max versucht hätte, den Cops zu erklären, dass das alles ein Missverständnis war.

Wenn er ganz normal vor seinem Computer sitzen und spielen würde, fände er die ganze Situation sicher extrem lustig. Sie war typisch für seinen kleinen Bruder, der ihn ständig ärgerte. Das war eben seine Rolle im Spiel. Jetzt aber saß Max mächtig in der Klemme.

Piper schien einen ähnlichen Gedanken zu haben, denn sie war ganz blass geworden und kletterte rasch durch die Lücke im Tor zurück nach draußen.

»Max, wenn die Cops kommen, haben wir ein echtes Problem!«, brüllte sie über den Lärm der Alarmanlage hinweg.

Sie hatte recht. Selbst wenn sie nicht an dieselben Beamten wie beim letzten Mal gerieten, waren sie noch immer zwei Jugendliche, eine davon aus einer Gang, die in der Garage einer Multimillionen Dollar teuren Villa standen. Keine guten Voraussetzungen.

»Okay, Planänderung!«, brüllte Max zurück. »Du läufst zum Abschleppwagen und reißt mit dem Haken das Tor aus der Verankerung. Ich komme mit dem Lambo hoch, und wir hauen ab. In Ordnung?«

Piper machte große Augen, aber ihr schien der Plan zu gefallen, denn ihre Miene hellte sich sichtlich auf. »Gute Idee! Schon so gut wie abgehakt!«, rief sie mit einem schiefen Grinsen im Gesicht, drehte sich dann um und sprintete die Einfahrt hoch in Richtung des großen elektronischen Eingangstors.

Auch Max kam in Bewegung, angespornt von dem Gedanken, dass er gleich in seinem Lamborghini sitzen würde. Die Cops hatten ihm zwar seinen Schlüssel abgenommen, aber er war sich sicher, dass das Spiel für diesen Fall immer einen Ersatz in der Garage aufbewahrte. Hektisch riss er eine Schublade seiner Werkbank nach der anderen auf, bis endlich ein kleines Icon aufblinkte, das ein Item anzeigte, das man aufheben konnte. Er atmete erleichtert auf, musste den Schlüssel nicht mal richtig berühren, da wurde er schon seinem Inventar hinzugefügt.

Max verschwendete keine Zeit, riss die Fahrertür auf und schmiss sich auf den Sitz. Er hätte gerne innegehalten für diesen Moment, hätte über das Armaturenbrett gestrichen, hätte den Duft der Ledersitze eingeatmet, hätte den Motor ein wenig aufheulen lassen, um die 640 Pferdestärken richtig zu spüren. Aber er hatte jetzt keine Zeit dafür. Also schnallte er sich an, löste per Knopfdruck die Handbremse und ... Moment! Er war 17 Jahre alt. Im wahren Leben hatte er erst einmal hinter dem Steuer eines Wagens gesessen, als seine Eltern ihn an einem Sonntag auf einem leeren Parkplatz das Familienauto hatten fahren lassen. Das war nicht sonderlich beeindruckend gewesen, er hatte den Kleinwagen seiner Mutter mehrfach abgewürgt und war später in absolutem Schneckentempo im Kreis geschlichen, mehr nicht. Bis zum Führerschein musste er noch ein Jahr warten.

Woher wusste er aber dann in diesem Augenblick mit vollkommener Sicherheit, was er zu tun hatte? Es war, als würde die Erfahrung seiner Spielfigur die Führung übernehmen. Als ginge all ihr Wissen auf Max über.

Aber natürlich! Schon auf der Flucht vor den Cops war ihm aufgefallen, dass er viel mehr Ausdauer als im echten Leben hatte. Die Fähigkeiten seines Charakters mussten in dieser Welt auch für ihn gelten! Und sein Charakter hatte unzählige Stunden hinter dem Lenkrad dieses Wagens verbracht. Voller Zuversicht stellte Max die Gangschaltung auf E.

Vor ihm öffnete sich langsam das holzvertäfelte Garagentor, von innen hatte es zum Glück einen Bewegungsmelder. Langsam drückte Max seinen Fuß aufs Gaspedal und rollte vorsichtig aus der Garage raus und die Einfahrt hoch. Selbst bei dieser niedrigen Geschwindigkeit spürte er den Wagen unter sich vibrieren, jede einzelne Pferdestärke.

Vor ihm tauchte das elektronische Eingangstor auf, über das er und Piper zuvor geklettert waren. Jetzt befestigte Piper gerade den Haken, der vom Kranarm des Abschleppwagens herunterhing, an einem der

Gitterstäbe des Tors. Als sie Max vorfahren sah, winkte sie ihm aufmunternd zu und sprang dann zurück zu ihrem Auto.

Die Rücklichter des Abschleppwagens gingen an, der Motor heulte auf. Piper musste das Gaspedal bis auf die Fußmatte durchgedrückt haben, denn der Truck machte einen gewaltigen Satz nach vorne. Das Stahlseil, an dem der Haken befestigt war, spannte sich, das Tor begann hässlich unter dem Zug zu knirschen. Rauch stieg von den Reifen des Trucks auf, die jetzt auf dem Asphalt durchdrehten.

Max hielt mit schwitzigen Händen das Lenkrad seines Lambos umklammert und starrte auf das Tor, das sich immer weiter nach außen bog. Es musste jede Sekunde nachgeben. Sein Blick zuckte die Straße links und rechts entlang. Hinter ihm war der Alarm in der Garage jetzt nur noch leise zu hören, ein anderes Geräusch wurde jedoch immer lauter. Sirenen. Die Cops! Sie mussten jeden Moment um die Ecke biegen. Die ausgegrauten Sterne in seinem Display verrieten Max, dass sie ihn noch nicht suchten, noch nicht wussten, was genau passiert war. Aber sobald sie Sichtkontakt herstellten, würde sich das ändern.

Mit einem lauten Krachen und Scheppern riss der Abschleppwagen endlich das Tor aus seinen Angeln und zog es noch einige Meter über den Asphalt, ehe Piper in einer halben Kurve driftete, sodass es vom Haken geschleudert wurde und quer über die Straße schlitterte.

Max' Herz pochte wie wild. Der Weg war frei, sie konnten endlich losfahren. Doch er zögerte. Nervös zog er den Anschnallgurt zurecht, korrigierte den Rückspiegel um einen Millimeter. Piper hupte einmal, ein zweites Mal länger, gab schließlich Gas und zischte davon. Max sah auf, sah von rechts, wie ein Polizeiwagen über die Straße auf sie zugeschossen kam, dahinter noch einer, mit Blaulicht und Sirene.

Über ihm blinkten drei Sterne auf. Sie hatten ihn also gesehen. Er schnalzte enttäuscht mit der Zunge, dann drückte auch er das Gaspedal durch.

Der Lambo schoss los wie ein Pfeil, die 100 km/h in 2,9 Sekunden waren nicht übertrieben. Mit quietschenden Reifen kam er aus der

Einfahrt und zog hart nach links, weg von den Cops. Die Beamten im ersten Wagen wurden von seinem plötzlichen Auftauchen so sehr überrascht, dass sie ausweichen mussten. Dabei rammten sie das auf der Straße liegende verbeulte Tor und gerieten ins Schleudern. Max sah im Rückspiegel, wie das zweite Fahrzeug fast in das erste reingekracht wäre und eine Vollbremsung hinlegen musste.

Sehr gut, dachte er sich zufrieden und preschte weiter geradeaus hin-

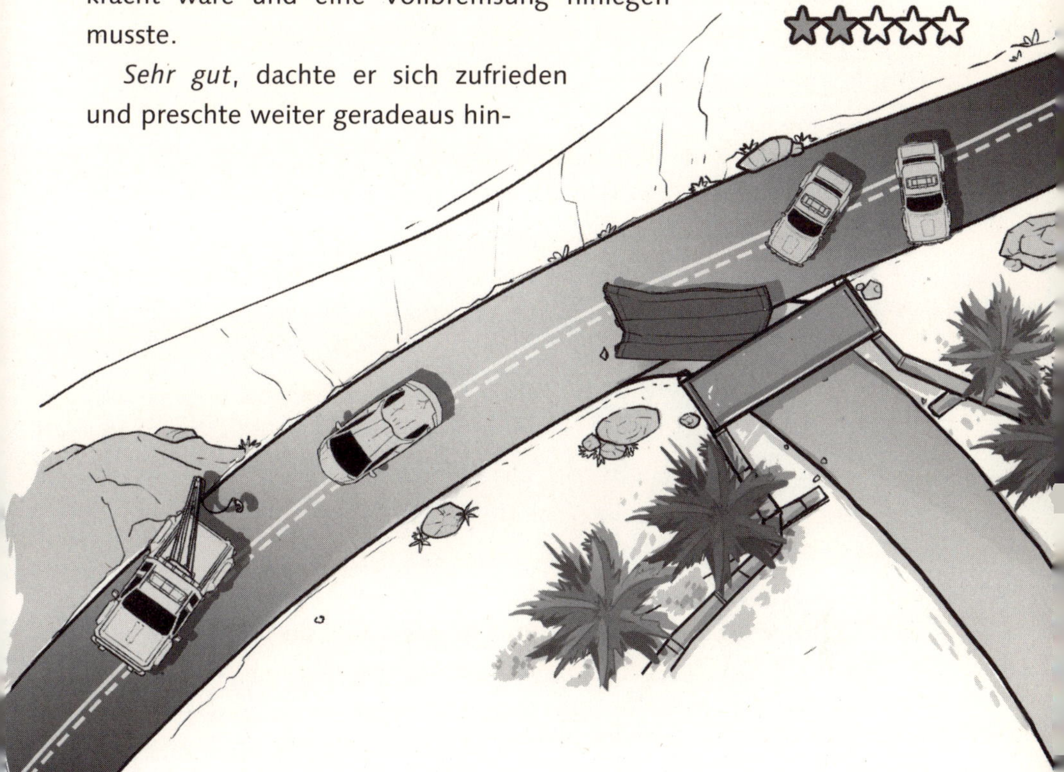

ter Piper her, die in einem Wahnsinnstempo die Küstenstraße entlangbretterte.

Max zögerte jetzt nicht mehr. Er war ganz ruhig geworden, alle Nervosität war verschwunden. Er griff das Lenkrad fester, gab mehr Gas, spürte, wie die Automatikschaltung erst in den vierten, schließlich in den fünften Gang ging. Der Motor röhrte, während die Welt an ihm vorbeischoss, alle Farben verwischt zu einem bunten Strahl.

Er holte Piper auf dem Highway ein, die Cops noch hinter ihnen, aber weit abgeschlagen. Hier gab es vier Spuren, kaum ein Auto war unterwegs, sie hatten die Straße also fast für sich allein. Er schloss zu dem Abschleppwagen auf, hielt den Wagen auf gleicher Höhe, schaute nach rechts zu Piper. Sie blickte zurück, lachte laut und herzlich, brüllte etwas in seine Richtung, das er unmöglich verstehen konnte, aber auch nicht musste. Auch er brach in Gelächter aus, vollkommen überwältigt vom Rausch der Geschwindigkeit, vom Adrenalin, das durch seinen Körper pumpte. Er fuhr einen verdammten Lamborghini! Und er war richtig gut darin!

So schossen sie über den Highway, links glänzte in der Ferne das Meer, hinter ihnen wurden die Wolkenkratzer von Los Carros kleiner und kleiner, vor ihnen das weite, offene Land. Nur kurz dachte Max, dass er gar nicht wieder nach Hause wollte, dass er lieber für immer hier in diesem Auto über den Highway fahren wollte. Aber das Gefühl hielt nicht lange an. Sofort dachte er wieder an seine Familie und seine Freunde, die in der realen Welt auf ihn warteten. An Stanni, der sich sicher unglaubliche Sorgen um ihn machte. Und er dachte an Piper und die Gearheads, die seine Hilfe brauchten, um endlich Gerechtigkeit zu finden.

Irgendwann …, dachte er und strich über das Lenkrad. *Irgendwann hab ich auch so einen, aber im echten Leben*. Man durfte ja noch träumen.

Die Polizeiautos waren so weit zurückgefallen, dass Max sie im Rückspiegel schon gar nicht mehr sehen konnte. Er schielte zu den drei Sternen über seinem Kopf und sah, dass sie angefangen hatten zu blinken. Ein Zeichen dafür, dass die Cops ihn zwar fürs Erste aus den Augen verloren hatten, ihn aber noch immer suchten.

Vor ihm bog Piper vom Highway ab, also folgte er ihr. Sie schien ein Ziel zu haben, führte ihn durch ein Labyrinth aus engen Straßen und kleinen Gassen, bis sie schließlich einen kleinen Innenhof am Ende einer Sackgasse erreichten.

Schotter knirschte unter den Reifen der beiden Wagen, als sie langsam nebeneinander zum Stehen kamen. Piper hupte einmal kurz und zweimal lang, sprang dann aus dem Abschleppwagen und joggte zu Max. Sie öffnete die Beifahrertür und stieg ein, ließ sich grinsend auf den Sitz fallen.

»Das war der absolute Wahnsinn!«, stieß sie aus.

Max sah sich nervös um. Die Sterne über ihm blinkten noch immer, die Cops hatten also noch nicht aufgegeben und waren weiterhin auf der Suche nach ihnen.

»Sollten wir uns nicht lieber woanders verstecken?«, fragte er.

»Gleich brauchen wir uns gar nicht mehr zu verstecken.« Piper deutete nach vorne. Ein rostiges Tor, das in die Ziegelmauer einer alten Lagerhalle eingelassen war, öffnete sich gerade, und eine kleine Person erschien im Eingang, winkte sie heran.

Max sah fragend zu Piper, die ihm bestätigend zunickte, also lenkte er den Wagen in die Halle. Kaum waren sie vollkommen drinnen, schloss sich das Tor hinter ihnen wieder. Schlagartig wurde es schummrig dunkel um sie herum, nur durch Löcher im Dach fielen einige schmale Lichtstreifen, in denen Staubpartikel glitzerten.

Als jemand an das Fenster auf der Beifahrerseite klopfte, zuckte Max erschrocken zusammen. Piper ließ lachend die Fensterscheibe runter. Eine ältere Frau mit Locken in jeder erdenklichen Farbe lehnte sich in das offene Fenster. Ihr Gesicht war hinter einer Atemmaske versteckt, aber man sah an ihren Augen, dass sie lächelte.

»Piper«, sagte sie in einem warmen, freundlichen Ton. »Was darf es denn heute sein?«

Piper sah zu Max. »Hast du zufällig eine Lieblingsfarbe?«, fragte sie geheimnisvoll.

Jetzt war Max vollkommen verwirrt. Er hatte angenommen, dass sie sich in dieser Lagerhalle versteckten, bis die Polizei das Interesse an ihnen verloren hatte. Aber warum hatte die Frau dort eine Maske auf? Wieso erinnerte ihn der Geruch, der nun durch das offene Fenster hereinwaberte, an Lack? Und was hatte das mit seiner Lieblingsfarbe zu tun?

»Äh«, machte Max, schaute sich nach irgendetwas um, das eine Farbe hatte, die ihm gefiel, und landete schließlich bei seinem eigenen Shirt. »Blau, denke ich?«, brachte er schließlich hervor. »Wieso?«

Aber Piper ignorierte ihn und drehte sich wieder zu der älteren Frau. »Hast du ein schönes Blau für uns, Prisma?«, fragte sie.

Die Frau, die offensichtlich Prisma hieß, lachte und klopfte Piper dann freundschaftlich auf die Schulter. »Für dich packe ich die neuste Mischung aus.« Und mit diesen Worten verschwand sie aus dem Fenster und im schummrigen Zwielicht der Halle.

Ein Brummen und Surren ertönte, so als erwachte eine riesige Maschine stotternd zum Leben. Max schaute sich besorgt um, aber er konnte nicht sonderlich viel erkennen.

»Was ist das hier?«, fragte er, den Griff fest um das Lenkrad geklammert.

»Manchmal reicht es nicht, den Cops einfach zu entkommen«, erklärte Piper verschwörerisch, schloss das Fenster wieder und lehnte sich in ihrem Sitz zurück. »Wenn die wissen, wie dein Auto aussieht, finden sie dich auch Stunden später noch wieder.« Sie verschränkte die Arme hinter dem Kopf und schloss die Augen.

Unvermittelt begann der Lamborghini zu wackeln und sich nach vorne zu bewegen, obwohl Max die Bremse angezogen hatte und sein Fuß nur locker neben dem Gaspedal stand. Aber Piper schien das nicht zu irritieren, also versuchte Max, sich ebenfalls zu entspannen.

»Für solche Fälle haben wir Prisma und ihre Maschine«, fuhr Piper fort. »Sie verpasst uns auf die Schnelle einen neuen Look.«

Und tatsächlich, vor ihnen sprangen einige Neonleuchten an und tauchten eine Apparatur in weißes Licht, die ein wenig an eine Autowaschanlage erinnerte. Der Lamborghini bewegte sich langsam zuckelnd darauf zu, und Max erkannte jetzt, dass sich unter ihnen eine Art Schienensystem befand, in das der Wagen eingeklinkt sein musste.

»Ein neuer Look?«, flüsterte er, während der Wagen nach und nach von der Maschine verschluckt wurde. Piper neben ihm regte sich noch immer nicht. Vielleicht war sie sogar eingedöst.

Ein schriller Ton erklang, dann rasten kleine rote Laserstrahlen über die Oberfläche des Autos, wie um die Karosserie zu vermessen. Hätte Piper nicht so seelenruhig neben ihm gesessen, wäre Max davon überzeugt gewesen, dass dieser Apparat sie in mundgerechte Häppchen zerteilen wollte. Stattdessen aber öffneten sich kurz darauf über, neben und hinter ihnen Luken, aus denen mechanische Arme rausgefahren kamen, an deren Spitzen sich unzählige kleine Düsen befanden. Max beugte sich vor, um durch das Fenster der Fahrerseite genauer erkennen zu können, was sie machten, als ohne jede Vorwarnung Flüssigkeit in feinen Tröpfchen aus ihnen herausschoss. Überrascht zuckte er zurück. Er konnte gar nicht so schnell gucken, wie sich die Düsen um den Lambo herumbewegten und ihn mit blauem Lack besprühten, wobei sie die Scheiben und Spiegel wie durch Zauberhand ausließen.

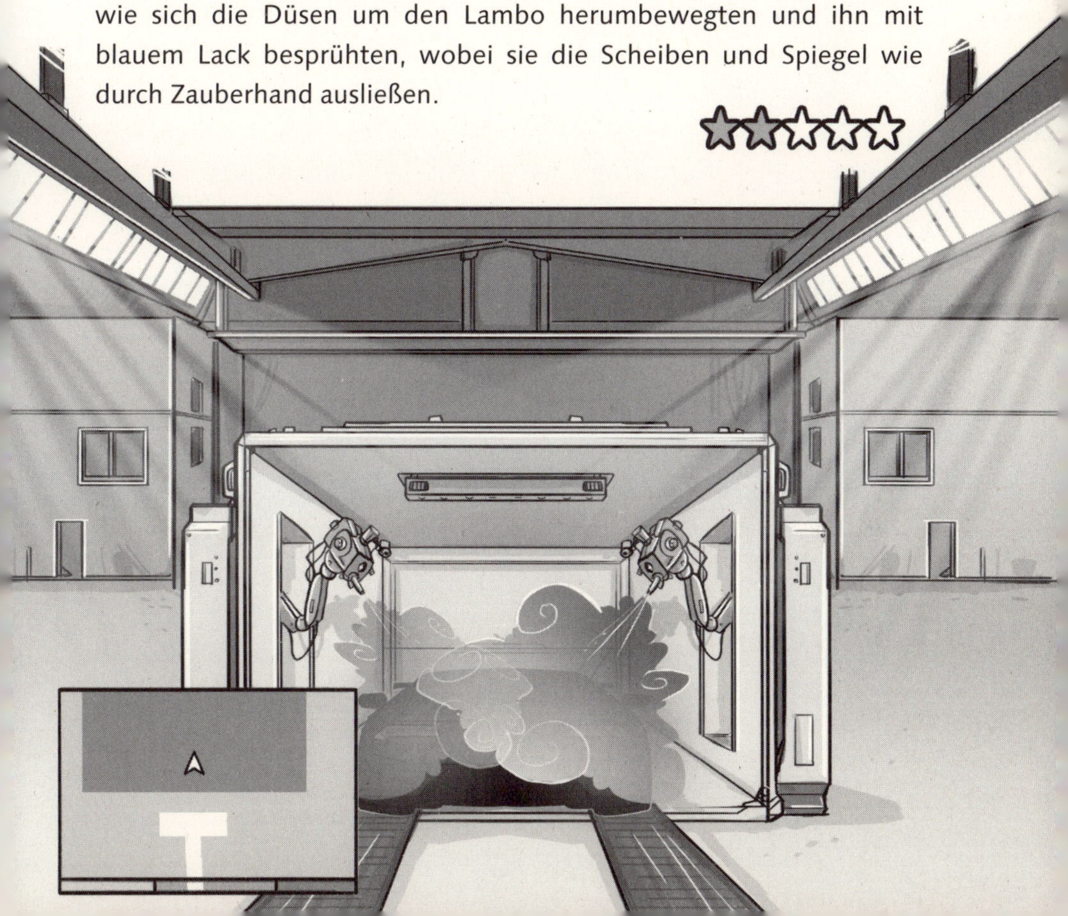

Es dauerte kaum eine Minute, dann war das Spektakel auch schon wieder vorbei. Ein lautes Surren wie von einem riesigen Föhn ertönte, als der neue Lack getrocknet wurde, dann gingen die Neonleuchten mit einem deutlich hörbaren Klicken aus, und das Schienensystem schob den Lambo wieder rückwärts in Richtung des Tors, das Prisma hinter ihnen aufschob. Noch immer ein wenig überwältigt, fuhr Max rückwärts in den Innenhof und neben den Abschleppwagen. Piper stieg als Erstes aus und winkte Prisma zu, die ihr einen Daumen hoch gab und schließlich das Tor wieder zuzog.

Während Piper zu ihrem Wagen ging, stieg Max langsam aus dem Lambo aus. Er hatte noch immer nicht ganz verarbeitet, was passiert war. Hatten sie gerade sein Auto innerhalb von einer Minute komplett umlackiert? Er trat einen Schritt von der Fahrertür weg, um sich den Wagen ansehen zu können. Und tatsächlich: Sein geliebter Lamborghini war jetzt komplett blau!

Es war ein ungewohnter Anblick, sicherlich gab es nicht allzu viele Sportwagen dieser Klasse in einer solchen Farbe. Aber je länger er hinsah, desto besser gefiel es ihm! Das Blau war wirklich eine besondere Mischung, nicht zu kühl und nicht zu hell, irgendetwas zwischen der Farbe des Meeres und der eines Sommerhimmels. Perfekt passend zu dem Blau auf seinem T-Shirt. Der Lack war außerdem leicht matt, was das Ganze direkt edel wirken ließ. Vorsichtig strich Max mit dem Zeigefinger über die Fahrertür, aber es färbte tatsächlich nichts ab. Der Lack war vollständig durchgetrocknet.

»Absolut krass«, flüsterte er.

»Willst du noch ein bisschen länger dein Auto anschmachten, oder können wir los?«, feixte Piper.

Vorsichtig schielte Max nach oben. Die drei Sterne blinkten noch ein letztes Mal, ehe sie komplett ausgrauten. Die Cops hatten ihre Suche endgültig aufgegeben.

Erleichtert nickte er Piper zu und griff dann nach der Fahrertür des Lamborghinis. Es wurde Zeit, dass sie zur Garage zurückkehrten.

ÜBERFALL

Auf dem Weg zurück zur Garage kamen sie noch zweimal an Streifenwagen der Cops vorbei, und beide Male rutschte Max im Fahrersitz tiefer nach unten. Aber beim Umlackieren des Lambos war ganze Arbeit geleistet worden, die Polizisten schienen absolut nicht an ihnen interessiert. Im Gegenteil: An einer roten Ampel zeigte ihm einer der Cops sogar anerkennend nickend einen Daumen nach oben beim Anblick des schicken Sportwagens.

So verlief die Fahrt zu den Gearheads erstaunlich entspannt. Max fuhr hinter Pipers Abschleppwagen her, erkannte irgendwann die Gegend wieder, den ausgetrockneten Kanal, die spärlich besetzten Parkplätze. Er versuchte, sich alles genau einzuprägen. Irgendwann, so dachte er, wenn er aus diesem Spiel entkommen war und sich wieder ganz normal von seinem Computer aus einloggen konnte, wollte er versuchen, die Garage wiederzufinden.

Während er so konzentriert auf jedes Detail achtete, fiel ihm noch ein ganzes Stück vom Schotterplatz der Garage entfernt eine Rauchsäule auf. Seine Orientierung war noch nicht gut genug, um mit Sicherheit sagen zu können, ob sie vom Hauptquartier der Gearheads aufstieg, aber er hatte sofort ein mulmiges Gefühl im Bauch. Und nur wenige Sekunden später bestätigte sich seine Befürchtung, als Piper im Wagen vor ihm plötzlich Gas gab, nach vorne wegzischte und unter wildem Hupen um einen schleichend langsamen Lastwagen kurvte. Max drückte natürlich ebenfalls das Gaspedal durch, Piper hinterher, hatte aber trotz des schnelleren Autos Mühe, ihr auf den Fersen zu bleiben.

Schlitternd und mit qualmenden Reifen drifteten sie schließlich beide auf den Schotterplatz. Tatsächlich, die Garage war der Ursprung der Rauchsäule! Max riss die Augen auf, lenkte den Lambo wieder gerade, hielt auf das Gebäude zu, versuchte zu verstehen, was er sah.

Der Rauch stieg nicht etwa von der Garage selbst auf, sondern quoll in bauschigen schwarzen Wolken aus einem der Sportwagen, an dem die Gearheads zuvor noch herumgeschraubt hatten. Ursache war aber nicht etwa ein falscher Handgriff oder ein unachtsamer Lehrling gewesen. Nein, viel wahrscheinlicher war das Feuer von einem der gut ein Dutzend Kingston Riders ausgelöst worden, die überall auf dem Gelände verteilt herumrannten, laut lachend mit Baseballschlägern auf Fensterscheiben einschlugen, Reifenstapel umstießen und Equipment durch die Gegend schleuderten.

Unter den Gearheads herrschte absolutes Chaos. Sie liefen wie wild umher, suchten Zuflucht im Inneren der Garage oder stellten sich den Kingston Riders tapfer entgegen, um ihnen die Schläger aus den Händen zu reißen oder sie zurück zu ihren eigenen Wagen zu drän-

gen, die mit offenen Türen und laufenden Motoren ein wenig abseits auf dem Schotterplatz parkten. Doch die Angreifer schienen ihren Auftrag bereits erfüllt zu haben. Als sie den heranfahrenden Abschleppwagen und den Lamborghini entdeckten, wurde gerufen und gepfiffen: der Befehl, sich zurückzuziehen.

Max und Piper hatten gerade erst die Garage und den brennenden Wagen erreicht und hatten kaum Zeit auszusteigen, da saßen die Kingston Riders bereits hämisch lachend in ihren Autos und wedelten mit den Baseballschlägern aus den Fenstern. Der Beifahrer eines Cabrios hielt eine Fahne mit dem gekrönten Autoreifen in die Höhe und ließ sie demonstrativ hinter sich im Wind flattern, während die Truppe unter Gejohle und dröhnend lauter Musik davonbrauste und eine graue Staubwolke hinterließ.

Piper war schon aus dem Abschleppwagen gesprungen, da hatte Max sich noch gar nicht abgeschnallt. Sofort verschwand sie im Gewusel der Gearheads, die jetzt aus den Gebäuden stürmten und hektisch versuchten, das Feuer zu löschen. Vermutlich wollte sie nach ihrem Vater sehen, der sich hoffentlich im Inneren der Garage in Sicherheit befand.

Max hingegen, kaum einen Fuß aus dem Lambo raus, wurde sofort in die Löscharbeiten eingespannt. Einige Gearheads waren bereits dabei, den Brand mit Feuerlöschern zu bekämpfen, andere breiteten schwere Decken über Ölpfützen aus, die zu brennen begonnen hatten. Erst jetzt fiel Max wieder ein, dass die Garage ja eine alte Tankstelle war, und obwohl sie wahrscheinlich schon seit Jahrzehnten nicht mehr genutzt wurde, konnte niemand wissen, ob nicht doch irgendwo noch ein unterirdischer Tank voller Benzin lagerte.

Er war wohl nicht der Einzige mit diesem Gedanken.

»Die Karre muss hier weg!«, rief eine Mechanikerin und deutete auf den noch immer qualmenden Sportwagen. Max erkannte sie sofort als die Frau wieder, die zuvor den Kids den Motor des Oldtimers gezeigt hatte. Er nickte ihr entschlossen zu und eilte mit gleich drei weiteren Gearheads zum Heck des Autos. Gemeinsam schoben sie es einige Meter weit von den Zapfsäulen weg.

Mit einer Sorge weniger legte sich die Panik langsam. Die direkte Gefahr einer Explosion war abgewendet, die übrigen Brände größtenteils unter Kontrolle. Doch das Chaos, das die Kingston Riders angerichtet hatten, blieb. Und was für ein Chaos das war: verstreutes Werkzeug und Ersatzteile, ausgeschüttete Kanister, Glasscherben, aufgeschlitzte Reifen. Erschüttert sah Max sich um, aber die Gesichter der Gearheads wirkten nicht entsetzt oder fassungslos, sondern eher blass und müde. Schweigend begannen die Männer und Frauen, ihre Werkstatt wieder aufzuräumen. Es schien fast, als wäre es nicht das erste Mal, dass so etwas passierte. Als wären sie schon daran gewöhnt.

»Danke, Junge«, sagte die Mechanikerin neben ihm und legte ihm eine Hand auf die Schulter.

Max schluckte. Er hatte ja gar nicht wirklich viel gemacht, nur beim Schieben des Wagens geholfen.

»Passiert das öfters?«, fragte er mit belegter Stimme. »Dass die Kingston Riders euch angreifen, meine ich.«

Die Mechanikerin seufzte und steckte die Hände in die Taschen ihrer Latzhose. »Seit dem Vertragsbruch, ja. Kingston Junior will uns damit einschüchtern, damit wir ihm auch das letzte bisschen unseres Gebiets abtreten.«

Max konnte ihr ansehen, wie erschöpft sie war, nicht nur wegen des Angriffs gerade, sondern wegen des andauernden Streits mit den Kingston Riders. Wie lange konnte das noch so weitergehen?

Lautes Rufen aus dem Hauptgebäude der Garage unterbrach sein Grübeln. Es klang nach einem Streit. Er hörte Pipers Stimme deutlich heraus. Fragend sah er zur Mechanikerin rüber, die ihn anlächelte.

»Geh ruhig«, sagte sie. »Wir haben hier alles im Griff.«

Max nickte und verlor keine Zeit, sondern joggte umgehend zum Hauptgebäude, aus dem die Stimmen kamen. Früher musste es wohl der Verkaufsraum der Tankstelle gewesen sein. Wo einst Regale voller

Snacks, Getränke und Zeitschriften gestanden hatten, waren die Wände nun behangen mit Werkzeugen für die Autoreparatur oder vollgestellt mit hohen Metallschränken, deren Schubladen säuberlich beschriftet waren. Schrauben, Muttern, Zündkerzen. Nur der alte Verkaufstresen war geblieben, diente jetzt allerdings als provisorische Küche. In einer Ecke waren jede Menge Lebensmittel aufgestapelt – Dosenravioli, Toast, frisches Obst und Tee –, und auf der anderen Seite standen ein Toaster, eine Mikrowelle und ein Wasserkocher. Die Mitte des Raums wurde von einem großen Tisch eingenommen, der mit kleineren Ersatzteilen, Blaupausen und angebrochenen Wasserflaschen übersät war. Am Kopfende des Tischs saß Pipers Vater John in seinem Rollstuhl, und neben ihm stand Piper, die Arme verschränkt, das Gesicht verärgert verzogen. Als Max den Raum betreten hatte, waren beide augenblicklich verstummt, sodass er nicht wusste, worüber sie sich gestritten hatten.

Allerdings waren sie nicht allein. Ein junger Typ fegte gerade einige Glasscherben auf. Er trug eine wesentlich modischere Version der schwarzen Gearhead-Jacke, die ihm wie ein Mantel bis zu den Knien reichte. Den Kragen hatte er aufgestellt, und auf der Innenseite erkannte Max ein Muster wie von gelben und roten Flammen. Auch die Spitzen seiner schwarzen Haare erinnerten an Feuer, denn sie waren in einem auffälligen Rot gefärbt.

Außerdem saß ein Mädchen mit überraschend gelangweiltem Gesichtsausdruck und einem Laptop auf dem Schoß auf einem Stuhl und kaute Kaugummi. Sie blickte nicht einmal auf, als Max hereinkam, sondern tippte unentwegt auf ihrer Tastatur rum, wobei einige Armreife an ihrem Handgelenk klapperten. Auch sie trug nicht die typische Gearhead-Jacke, sondern einen weiten violetten Hoodie, in dem sie fast versank. Das Logo der Bande hatte sie als kleinen Aufnäher nur grob mit Sicherheitsnadeln auf der linken Brust befestigt.

Max kam sich vor wie ein Eindringling. Die beiden fremden Kids beachteten ihn nicht, und Piper und ihr Vater schienen offenbar an dem Punkt in ihrem Streit angekommen, an dem sie sich nichts mehr zu sagen hatten und deswegen mürrisch vor sich hin schwiegen.

»Alles okay bei euch?«, fragte Max daher nur zögerlich. Unbeteiligter Beobachter eines Streits zu sein, war immer doof, das hatte er oft genug erlebt, wenn er bei Freunden zu Besuch gewesen war, die sich vor seinen Augen mit den eigenen Eltern anlegten. Da fühlte man sich immer irgendwie fehl am Platz, aber einfach weggehen konnte man auch nicht.

»Es wurde zumindest niemand verletzt«, antwortete Piper kühl und sah zu ihrem Vater. Der seufzte nur.

»Wir werden dieses Gespräch ein anderes Mal weiterführen«, sagte John und rollte ein Stück von der Tischkante weg. »Ich sehe draußen nach dem Rechten.«

Max blickte ihm nach, bis er das Hauptgebäude verlassen hatte, und drehte sich dann zu Piper, die sich auf einen Stuhl hatte fallen lassen. Kurz herrschte eine unangenehme Stille, die keiner zu unterbrechen wagte, auch nicht die beiden jungen Gearheads, die ebenfalls hier rumhingen.

»Worüber habt ihr geredet?«, setzte Max schließlich an.

»Ach«, grummelte Piper. »Über unseren Plan, die Verträge zu klauen.«

Er hob erstaunt die Augenbrauen. »Hat dein Vater was dagegen?«

Sie schnaubte und rieb sich die Augen. »Er … er hat schon vor einer ganzen Weile die Hoffnung aufgegeben. Wenn es nach ihm ginge, hätten wir den Riders längst unser Revier überlassen.«

Max trat an den Tisch, zog sich einen Stuhl ran und setzte sich. »Vielleicht hat er nur Angst, dass die Angriffe noch schlimmer werden«, schlug er vor.

Piper schüttelte den Kopf, hielt kurz inne, als würde sie nachdenken, und zuckte dann mit den Schultern. »Er wollte nicht mal was von unserem Plan wissen«, seufzte sie. »Als ich ihm erzählt habe, dass wir eine Einladung zum Drift Match haben, hat er nur gesagt, dass das den Aufwand nicht wert sei.«

»Das Drift Match?«, schaltete sich der Jugendliche ein, der eben die Scherben zusammengefegt hatte. Jetzt hielt er Kehrblech und Handfeger nur noch lose in einer Hand und starrte erstaunt zu Piper.

»Hast du etwa nicht zugehört?«, brummte das Mädchen mit dem Laptop. »Darüber haben sie doch die ganze Zeit geredet.«

Der Junge rückte beleidigt seinen Stehkragen zurecht. »Im Gegensatz zu dir belausche ich andere nicht, wenn sie streiten!«

Das Mädchen würdigte ihn keines Blickes, sondern ließ als Antwort bloß eine große Kaugummiblase zerplatzen, ehe das Tippen und Armreifklappern wieder einsetzte.

»Jetzt zankt nicht schon wieder!« Pipers Tonfall sollte wahrscheinlich streng klingen, aber man hörte ihr an, dass die Auseinandersetzung der beiden anderen sie erheiterte. Ihre Miene hatte sich merklich aufgehellt. »Ich brauche nämlich jetzt eure ganze Aufmerksamkeit.« Sie stand auf, stützte die Handflächen auf dem Tisch ab und beugte sich verschwörerisch nach vorn. »Ein Freund von Max hat uns eine Einladung zum Drift Match geschickt. In einer Stunde müssen wir an der Startlinie sein.«

Der Junge schlug die freie Hand vor den Mund. »Das heißt …?«

Piper grinste breit und ballte die rechte Hand zu einer Faust. »Der Kingston-Tower-Überfall wird heute passieren!«

Der Junge jubelte kurz, machte eine freudige Drehung und ließ Kehrblech und Besen an Ort und Stelle fallen. Kleine Glassplitter verteilten sich klirrend über den Boden. Doch das schien ihn nicht weiter zu kümmern. Er steuerte bereits eine Tür an, von der Max vermutete, dass sie zu den angrenzenden Garagen führte, und eilte davon. »Bin gleich wieder da!«, rief er, während er nach hinten in die Werkstätten verschwand.

Irritiert sah Max dem Jungen nach und schaute dann Piper an, die laut lachte.

»Keine Sorge«, erklärte sie. »Das ist normal für Taylor. Er ist unser etwas quirliger Schneider.«

Ein Schneider in einer Werkstatt, in der an Autos rumgeschraubt wurde? Das kam Max erst mal seltsam vor, aber schnell fielen ihm wieder die Jacken mit dem Logo auf der Rückseite ein, die alle Gearheads trugen. Hatte er die etwa alle geschneidert? Es würde zumindest sein extravagantes Outfit erklären. Und letztlich brauchten schicke Autos auch schicke Bezüge. Ein eigener Schneider ergab da durchaus einen gewissen Sinn.

»Wie wollt ihr das Drift Match gewinnen?«, fragte das junge Mädchen mit dem Laptop. »Mit dem alten Abschleppwagen?«

»Nee, natürlich nicht, Zee.« Piper lehnte sich so weit zur Seite, dass sie aus der offenen Tür rausgucken konnte. »Unser Freund Max hier leiht uns seinen Lamborghini.«

Das schien endlich die Aufmerksamkeit des Mädchens, das wohl Zee hieß, zu wecken. Das erste Mal, seit Max in den Raum getreten war, blickte sie von ihrem Laptop auf und schielte nach draußen. Sie musste den blauen Lambo gesehen haben, denn sie nickte anerkennend in Max' Richtung.

»Das heißt, wir machen das heute wirklich?«, fragte sie, und ein Anflug von Aufregung schwang in ihrer sonst vollkommen monotonen Stimme mit. »Obwohl John dagegen ist?«

Hinter ihr stürmte Taylor mit wehendem Mantel zurück an den Tisch. Er hatte die Arme voll mit Dokumenten, weiteren Blaupausen und Stoffproben und ließ alles unzeremoniell auf die Tischplatte fallen. Dann sah er erwartungsvoll zu Piper.

Die beugte sich sofort über das Durcheinander auf dem Tisch, um es ein wenig zu sortieren.

»Mein Vater kriegt sich schon wieder ein«, winkte sie ab. »Wir haben den ultimativen Plan, um die Verträge zurückzuholen. Und das weiß er auch.«

Noch sah das Durcheinander für Max aus wie ein unübersichtlicher Stapel aus Papier, zerknitterten Karten und anderem Krimskrams, nicht wirklich wie ein Masterplan für einen Jahrhundertraub. Aber je länger er mit den Augen den Bewegungen von Pipers Fingern folgte, die ein Dokument nach dem anderen entrollten, desto mehr Details erkannte er: Da waren mehrere Baupläne der Kingston Towers, die erstaunlich detaillierte Zeichnung eines Aufzugs, Listen über Listen mit Namen und Uhrzeiten, schwarz-weiße Ausdrucke von verrauschten Überwachungskamerabildern und eine Mappe voller Ballkleid-Designs, inklusive angetackerten Stoffproben. Je länger Piper die Einzelteile hin- und herschob, aneinanderlegte und faltete, desto mehr nahm der Plan Gestalt an, und wie Max so in die glänzenden Augen der drei Gearheads schaute, wurde auch er von der aufgeregten und zuversichtlichen Stimmung ergriffen.

»Erklärt es mir«, sagte er entschlossen.

DER PLAN

Dreh- und Angelpunkt des Plans, an dem Piper und ihre Crew schon seit mehr als zwei Jahren tüftelten, war eine große Spendengala, die jährlich in einem der Kingston Towers stattfand. Und wie es der Zufall – oder der Nullpunkt, Max war sich da überhaupt nicht mehr sicher – so wollte, war die diesjährige Veranstaltung ausgerechnet heute Abend! Bis Max aufgetaucht war, hatte keiner der Gearheads die Hoffnung gehabt, es auf das Fest zu schaffen. Doch nun war alles anders.

»Kingston Junior veranstaltet regelmäßig Wohltätigkeits-Events«, bemerkte Taylor verächtlich. »Nach außen will er seinen Ruf reinwaschen, tatsächlich wäscht er aber hauptsächlich Geld.«

Normalerweise, so hatte Piper erklärt, waren die Kingston Towers so gut bewacht wie eine Festung. Aber wer es auf die Gästeliste der Spendengala schaffte, konnte sich relativ frei bewegen.

»Also fälschen wir eine Einladung?«, schloss Max.

»Nicht ganz«, widersprach Piper. »Das Ticket selbst ist nur ein digitales Dokument, da wäre leicht ranzukommen. Zee hier kennt sich nämlich aus mit … digitaler Technik.«

»Er kann ruhig wissen, dass ich Hackerin bin«, fiel Zee ein und ließ eine weitere Kaugummiblase vor ihrem Mund zerplatzen.

»Wichtiger als das Ticket«, fuhr Piper fort, »ist, dass im Vorfeld eine beachtliche Spende auf das Konto des Gastgebers überwiesen werden muss. Nur dann funktioniert die Einladung tatsächlich.«

»Ah«, sagte Max, der im Kopf eins und eins zusammenzählte. »Lass mich raten. Dafür brauchen wir also das Preisgeld vom Drift Match?«

»Du hast es erfasst«, bestätigte Piper.

Er legte den Kopf schief. »Das heißt, alles hängt davon ab, dass wir dieses Rennen gewinnen.« Er spürte, wie seine Finger anfingen zu kribbeln. Das war eine Herausforderung nach seinem Geschmack!

Piper wackelte vergnügt mit den Augenbrauen. »Ein Kinderspiel für mich.«

»Für dich?« Max schob seinen Stuhl zurück, steckte eine Hand in die Hosentasche und fischte in Gedanken seine Autoschlüssel aus dem digitalen Inventar, die sich daraufhin zwischen seinen Fingern materialisierten. Klimpernd zog er sie hervor und ließ sie vor Pipers Nase baumeln. »Ich würde mal sagen: mein Auto. Ich fahre.« Ein echtes Rennen in Los Carros konnte er sich doch unmöglich entgehen lassen!

»Aber …« Piper starrte ungläubig auf die Schlüssel, die Max sicherheitshalber wieder in der Hosentasche und damit im Inventar verschwinden ließ.

»Vertrau mir, Piper«, beschwor er sie. »Ich kann das.«

Sie wollte widersprechen, doch Zee kam ihr zuvor.

»Sein Auto ist unsere einzige Chance.« Sie drehte den Laptop um, sodass die anderen ihren Bildschirm sehen konnten. Erstaunt erkannte Max eine Abbildung seines Lambos darauf sowie sein Nummernschild, daneben und darunter Buchstabensalat. »Polizeiakte«, erklärte die Hackerin knapp. »Unzählige Verstöße gegen Geschwindigkeitsbegrenzungen.« Ihr Mund machte etwas, das man fast für ein Lächeln halten konnte. »Du bist schnell unterwegs, Junge.«

»Danke, schätze ich«, lachte Max und kratzte sich halb verlegen, halb stolz über Zees Worte am Hinterkopf.

Piper schien noch immer nicht ganz überzeugt, verstand aber wohl, dass sie ohne Max nichts ausrichten konnte. Also ließ sie sich schicksalsergeben wieder in ihren Stuhl zurückfallen und bedeutete Taylor mit einem Wink, den weiteren Plan zu erläutern.

Der übernahm die Erklärung voller Begeisterung. »Okay. Gehen wir davon aus, dass wir das Geld gewinnen. Unser Plan war, dass sich einer von uns als Kellner auf das Event schmuggelt …« Er wühlte kurz in einem der Stoffstapel und holte dann eine weiße Schürze hervor, die er Max in die Hand drückte. »Und diese Person wiederum schmuggelt das nötige Equipment in Gemüsekisten versteckt durch den Hintereingang.«

»Keine Metalldetektoren«, erklärte Zee, ohne aufzusehen.

»Piper geht als Gast auf die Veranstaltung«, fuhr Taylor mit einem Seitenblick zu der Hackerin fort. »Dort muss sie in den VIP-Bereich, um einer der hochrangigen Wachen die Chipkarte zu klauen.«

Mit der Karte könnten sie sich Zutritt zum abgesperrten Teil des Gebäudes verschaffen und mit dem Aufzug weiter nach oben gelangen. Piper wirkte zwar nicht besonders glücklich, als sie über diesen Teil des Plans sprach, aber nichtsdestotrotz wild entschlossen.

Max stand vom Stuhl auf, trat näher an den Tisch heran und studierte eine Karte der Kingston Towers, die ausgebreitet vor ihm lag. Die wichtigsten Orte waren darauf markiert: Dienstboteneingang, VIP-Bereich, Aufzüge. Aber ein wichtiger Raum fehlte.

»Wo ist Juniors Büro mit dem Safe?«, fragte er irritiert. Piper hatte doch erwähnt, dass es ganz oben im Turm war, warum konnte er es dann nicht auf dem Bauplan finden?

Piper räusperte sich und faltete einen weiteren Plan auseinander, der beinahe identisch aussah.

»Im anderen Turm«, sagte sie und deutete auf die Spitze des zweiten Kingston Towers, in der tatsächlich das Büro eingezeichnet war.

Max machte große Augen, als sie erklärte, dass sie sich an einem Seil entlang auf die andere Seite hangeln würden. Dreißig Stockwerke hoch in der Luft einen solchen Superhelden-Move hinzulegen war schon krass. Aber Piper war eben auch ein krasses Mädchen.

»Von da aus ist der Rest ein Kinderspiel«, sagte sie gerade. »Rein ins Büro, den Safe knacken und übers Dach mit der Beute abhauen.«

»Kennst du denn das Passwort für den Safe?«, fragte Max.

Kurz sah sie durch ihn hindurch, als erinnerte sie sich an etwas, vielleicht aus ihrer Jugend. Dann verfinsterte sich ihre Miene.

»Früher hätte ich es eventuell erraten können, als Junior und ich noch Freunde waren«, sagte sie leise. »Aber ich habe keine Ahnung mehr, wer er ist und wie er tickt.«

Max hob erstaunt eine Augenbraue. Er hatte schon vermutet, dass Piper und Junior sich kannten, immerhin waren ihre Väter früher beste Freunde gewesen. Wie nah die Sache der Anführerin der Gearheads allerdings ging, war ihm bisher nicht klar gewesen.

Zee schaltete sich ein und schob einen Gegenstand in die Mitte des Tischs. Es war eine Art USB-Stick.

»Er hat einen dieser total modernen Safes mit integriertem Computerchip gekauft. Um das rauszufinden, musste ich nicht mal seinen E-Mail-Account hacken. Er hat von ganz alleine ein Selfie mit dem Teil online gepostet.« Sie verdrehte die Augen. »Wenn ihr dieses kleine Spielzeug«, sie deutete auf den Stick, »mitnehmt, kann ich von hier aus eine Verbindung zum Safe herstellen. Dann lasse ich mein Programm durch alle möglichen Kombinationen laufen, bis wir die richtige gefunden haben.«

Max zog skeptisch die Augenbrauen zusammen. Er war jetzt vielleicht kein Mathegenie, aber selbst er wusste, dass eine extrem große Zahl an möglichen PIN-Codes infrage kommen würde. War der Code vierstellig? Sechsstellig? Oder zwanzigstellig? Es musste doch sicher ewig dauern, bis das Programm das alles ausprobiert hatte!

Doch bevor er seine Zweifel äußern konnte, schob auch Taylor etwas über die Tischplatte. Es war ein unscheinbares silbernes Döschen.

»Damit es schneller geht und Zees alte Klapperkiste nicht abraucht«, sagte er. »Schneiderkreide-Pulver. Funktioniert wie das Zeug der Cops für Fingerabdrücke.«

Max verstand sofort. Den Trick hatte er schon in einigen Filmen gesehen. Wenn man Pulver auf ein Tastenfeld streute, konnte man sehen, welche Ziffern häufig gedrückt wurden. Die waren dann zwar noch nicht in der richtigen Reihenfolge, aber es waren wesentlich weniger Kombinationen möglich.

»Damit bleiben zwar immer noch jede Menge Codes übrig«, bemerkte Zee, als hätte sie Max' Gedankengang mitverfolgt. »Aber meine Klapperkiste ...« Sie klapperte absichtlich laut mit ihren Armreifen, sodass Taylor gespielt genervt mit den Augen rollte. »... schafft das schon. Sollte nur wenige Sekunden dauern.«

»Und dann schnappen wir uns die Verträge und verschwinden übers Dach«, schloss Piper, als wäre es die einfachste Sache der Welt. »Junior ist überführt, und wir haben endlich unsere Ruhe.«

»Ein perfekter Plan!«, rief Max begeistert. Was er nicht laut aussprach, war, dass er selbst dringend Teil dieses Plans werden musste, um auf das Dach der Towers zu kommen. Denn dort stand ja der Kristall, der ihm hoffentlich ein Portal nach Hause öffnen würde. Hatte das Spiel, das ihm die Mission zur Rettung der Gearheads übertragen hatte, auch daran gedacht? Er musste es zumindest versuchen.

»Kann ich der Kellner sein?«, fragte er bemüht unschuldig und hielt die Schürze hoch, die Taylor ihm vorhin in die Hand gedrückt hatte.

Einen Moment lang standen alle regungslos um den Tisch und die Pläne herum. Die Aufregung und auch die Anspannung waren beinahe greifbar, die Irritation allerdings auch. Pipers Crew verfolgte diesen Plan schon so lange, war ihn sicher Hunderte Male durchgegangen, nur um immer wieder festzustellen, dass alles sinnlos war, wenn sie nicht die erste Hürde meistern konnten: das Geld. Dass Max jetzt mit den Koordinaten für das Rennen aufgetaucht war, musste wie ein Wunder wirken. Dass Piper ihn widerwillig das Rennen fahren ließ, kostete sie bestimmt schon jede Menge Überwindung. Konnten sie da noch mehr Verantwortung in seine Hände legen?

»Alles klar!«, rief Taylor plötzlich und klatschte in die Hände. »Eigentlich war das mein Job, aber unter uns, ich sehe schrecklich in den Kellnerklamotten aus.« Er zwinkerte Max vergnügt zu. »Dir steht die Schürze sicher viel besser.«

Zee warf Piper einen fragenden Blick zu, doch die überlegte kurz und zuckte dann mit den Schultern.

»Keine schlechte Idee«, entschied sie. »Niemand kennt Max, und er würde nicht so sehr auffallen wie unser tapferes Schneiderlein hier.«

»Dann ist es beschlossen«, freute sich Taylor und begann, die Pläne vom Tisch aufzusammeln und säuberlich zusammenzurollen. »Ihr solltet euch jetzt besser beeilen und zum Drift Match fahren. Zee und ich bereiten währenddessen den ganzen Rest vor.«

Und mit diesen Worten fegte er wieder wie ein Wirbelwind los, sein Gearhead-Mantel flatterte wie ein Cape hinter ihm her. Zee ließ eine weitere Kaugummiblase geräuschvoll zerplatzen, und vielleicht wurde das Tippen ihrer Finger auf der Tastatur ein wenig schneller, ansonsten schien sie aber absolut tiefenentspannt.

Piper indessen stand von ihrem Stuhl auf und sah unsicher zu Max.

»Sicher, dass du das alles mitmachen willst?«, fragte sie.

»Es ist immerhin mein Wagen«, antwortete er lachend.

»Ich mein's ernst. Noch kannst du aussteigen. Später nicht mehr.«

Das konnte er natürlich nicht, weder jetzt noch später, außer er wollte für immer in diesem Spiel festhängen. Aber seine eigene Lage war nicht der einzige Grund, wieso er Piper unbedingt helfen wollte, auf diesen Turm zu kommen. Die etwas schrägen Gearheads wuchsen ihm langsam ans Herz! Es waren eben alles echte Paulberger, jeder auf eine ganz eigene Art, und Paulberger hielten zusammen.

»Du willst doch nur selbst den Lambo fahren«, feixte er mit einem breiten Grinsen.

Piper griff sich gespielt dramatisch an die Brust. »Ohh«, machte sie und klimperte mit den Wimpern. »Du hast meinen diabolischen Plan durchschaut!«

»Hey, Rennfahrer!«, rief Taylor, der wie aus dem Nichts wieder aufgetaucht war. Wieso war dieser Junge so verdammt schnell? »Fang!«

Er warf Max etwas zu, das der gerade noch so aus der Luft schnappen konnte, auch wenn er dabei keine sonderlich coole Figur machte. Neugierig hielt er es hoch. Es war eine schwarze Lederjacke mit dem Gearhead-Logo drauf. Von Nahem konnte er jetzt erkennen, wie fein

und sauber der Totenkopf innerhalb des Zahnrads gestickt war. Taylor hatte echt ein krasses Talent für sein Alter.

»Für mich?«, fragte Max doof.

»Natürlich! Du bist jetzt Ehrenmitglied der Gearheads«, sagte Piper, nahm ihm die Jacke ab und hielt sie ihm dann so hin, dass er nur mit den Armen reinschlüpfen musste. Sie passte perfekt, als wäre sie für ihn gemacht worden.

Ein warmes Gefühl durchflutete Max, Freude natürlich, aber auch Stolz. Er rückte glücklich die Jacke zurecht, spürte das feine Leder unter seinen Fingern, als er darüberstrich.

»Ich werde sie mit Respekt tragen!«, verkündete er ehrfürchtig.

»Ich unterbreche nur ungern die Zeremonie«, mischte sich Zee ein. »Aber ihr müsst los, wenn ihr rechtzeitig zum Rennen kommen wollt.«

Max nickte und spürte dabei wieder die Aufregung in sich hochsteigen. Alles hing von diesem Rennen ab, und er war mehr als bereit.

Auch Piper wirkte voller Zuversicht. Sie warf einen letzten zufriedenen Blick auf den großen Besprechungstisch und die Dokumente, die Taylor noch nicht zusammengeräumt hatte, dann drehte sie sich in Richtung Tür, und Max folgte ihr nach draußen. Hier hatten die Gearheads in der Zwischenzeit ein wenig Ordnung gemacht: Die Reifen waren wieder anständig aufeinandergestapelt, das Werkzeug war größtenteils da, wo es hingehörte, Scherben und kleine Einzelteile waren zusammengefegt worden.

Piper hibbelte aufgeregt, während sie mit Max zum Wagen ging. »Wir fahren gleich das Drift Match«, flüsterte sie, mehr zu sich selbst als zu ihm. »Unglaublich!«

Max musste leise lachen, ging schon zur Fahrertür des Lambos, bereit, einzusteigen.

»Wartet!«

Es war John, der hinter ihnen herrief. Sie drehten sich beide um. Schotter knirschte unter den Rädern des Rollstuhls, als Pipers Vater näher kam. Er hatte etwas auf dem Schoß liegen, das Max nicht sofort erkannte.

Piper trat an ihren Vater heran, das Gesicht bemüht neutral, als müsste sie sich zusammenreißen. Sie schien noch immer sauer auf ihn zu sein.

»Wir fahren das Rennen«, begann sie, aber John hob sofort beschwichtigend die Hand.

»Ich weiß«, sagte er und seufzte. »Und ich bin furchtbar stolz auf dich. Entschuldige, wenn ich das manchmal nicht zeige.«

Er hielt die Gegenstände hoch, die er mitgebracht hatte, und Pipers Augen wurden glasig, ihr Mund verzog sich zu einem wehmütigen Lächeln.

»Die Masken«, sagte sie leise. »Ich hätte sie fast vergessen.«

»Die hast du schon als Kind gebastelt«, erinnerte sich John. »Damit du sie eines Tages beim Drift Match tragen kannst.«

Sie nahm ihm die Masken ab, und jetzt erkannte Max auch, was sie darstellten. Sie zeigten zwei Fuchsköpfe, einer in Rot und einer in Braun.

»Gewinnt das Rennen«, bat John und drückte seiner Tochter die Hand. »Und dann bringt endlich Frieden zurück zu den Gearheads und den Kingston Riders.«

Max ballte die Faust in grimmiger Entschlossenheit. »Versprochen.«

DAS RENNEN

Es dämmerte bereits, als sie losfuhren. Über ihnen war der Himmel noch blau, doch am Horizont färbte er sich langsam orange. Einige Wolken leuchteten in Rosa- und Gelbtönen.

Der Start des Rennens war, laut der Missionsbeschreibung in Max' Handy, gar nicht allzu weit von der Garage der Gearheads entfernt. Auf der Karte sah es so aus, als läge er mitten in einer Neubausiedlung. Piper navigierte ihn dorthin, während leise Radiomusik dudelte. Dass er selbst die Karte jederzeit vor sich sehen konnte, wenn er nur daran dachte, verschwieg Max lieber.

Ihre Masken hatten sie schon im Wagen aufgesetzt, immerhin musste man maskiert an der Startlinie erscheinen. Da das Drift Match kein offizielles Rennen war, blieben alle anonym. Auf der Fahrt erklärte Piper, dass man noch nicht mal wusste, wer das Ganze eigentlich organisierte. Alle sprachen immer nur vom »Boss«, wenn es um das Match ging. Klar war nur, dass es jemand mit einer Menge Kohle und Einfluss sein musste. Denn obwohl das Match weder erlaubt war noch auf einer Rennstrecke stattfand, sondern meist quer durch die Stadt führte, waren wie durch Zauberhand immer alle Straßen kurzfristig abgesperrt, sodass keine anderen Autofahrer oder Fußgänger gefährdet wurden.

Sie bogen jetzt in eine Siedlung aus Einfamilienhäusern mit hübschen Vorgärten ein. Max kratzte sich unter der Maske am Kinn. Sie saß etwas eng, schränkte sein Sichtfeld aber zum Glück kaum ein. Was hatte Pipers Vater gesagt? Sie hatte sie als Kind gebastelt, so lange war es schon ihr Traum gewesen, beim Drift Match mitzumachen.

Er sah zu ihr rüber und merkte sofort, wie freudig und aufgeregt sie war. Dazu musste er nicht mal ihren Gesichtsausdruck unter der roten Fuchsmaske sehen können, denn sie hibbelte und summte unentwegt vor sich hin.

»Wie kommt es, dass du nie beim Drift Match mitgefahren bist?«, fragte er.

Sie wiegte leicht den Kopf. »Erst war ich zu jung, und jetzt, wo ich es theoretisch könnte, haben die Kingston Riders dafür gesorgt, dass kein Gearhead jemals eine Einladung bekommt.«

Max schob die Maske auf seinem Gesicht zurecht. »Man fährt dieses Rennen immer zu zweit, ja?«, wollte er wissen. Er hatte sich gewundert, wieso Piper zwei Masken vorbereitet hatte.

Sie nickte. »Eine Person fährt, eine navigiert, wie bei einer Rallye.«

Kurz überlegte Max, ob er seine nächste Frage wirklich stellen sollte. War es unhöflich oder traf vielleicht einen wunden Punkt? Andererseits hatte er den Eindruck, dass er und Piper gute Freunde wurden, und er wollte wirklich mehr über sie erfahren. Also wagte er es.

»Die andere Maske«, begann er zögerlich, und als kein Protest von Piper kam, fuhr er fort. »War die eigentlich für deinen Vater?«

Das Hibbeln hörte auf, und sie seufzte gedämpft, sah aus dem Fenster, als müsste sie sich ablenken. »Nein«, sagte sie schließlich. »Die war eigentlich für Junior.«

»Oh«, machte Max und griff das Lenkrad des Wagens fester. »Ihr seid wirklich mal gute Freunde gewesen, oder?«

Sie tippte mit den Fingerspitzen ihrer rechten Hand gegen die Fensterscheibe. »Wir sind zusammen aufgewachsen. Während unsere Väter Pläne schmiedeten, haben wir in der Werkstatt an Autos rumgeschraubt.« Sie ballte ihre Hand zur Faust. »Wir wollten das Drift Match immer zusammen fahren. Aber das wird wohl nicht mehr passieren.«

Max schluckte und schwieg. Aber was sollte er auch sagen? Für ihn war es unvorstellbar, dass einer seiner Freunde ihn betrog. Piper musste lange wütend auf Junior gewesen sein, aber jetzt schien sie nur noch einer vergangenen Zeit hinterherzutrauern, in der die Dinge leichter und besser gewesen waren.

Die düstere Stimmung im Wagen hielt zum Glück nicht lange an. Als sie neben einem besonders schönen Garten abbogen, konnten sie endlich die Startlinie erkennen. Sofort änderte sich Pipers Körpersprache, sie setzte sich wieder aufrecht hin, trommelte aufgeregt mit den Händen auf ihren Oberschenkeln.

Der Start des Rennens lag zwischen zwei ansehnlichen Neubauten. Mitten auf die Straße, auf der normalerweise Kinder mit ihren Rädern fuhren, Seilspringen oder Ball spielten, waren zwei neongelbe Striche auf den Asphalt gesprayt worden. Zwei Autos warteten bereits auf ihren Positionen unter einem Banner, das ziemlich windschief zwischen zwei Laternen gespannt war. Etwas war daraufgekritzelt worden, aber Max konnte es aus der Entfernung noch nicht recht entziffern. Einige Schaulustige tummelten sich rechts und links vom Start hinter flatterndem Absperrband in den Vorgärten oder Einfahrten umliegender Nachbarhäuser. Anwohner wahrscheinlich oder Freunde der Teilnehmenden, niemand sonst wusste ja von diesem Rennen.

»Moment!«, rief Max erschrocken, denn ihm war plötzlich etwas aufgefallen. Er sah zu Piper rüber, dann an sich selbst herunter. »Wir tragen die Gearhead-Jacken! Müssen wir nicht unerkannt bleiben?«

Piper lachte und schüttelte den Kopf. »Man soll nur unsere Gesichter nicht sehen«, erklärte sie. »Falls doch mal die Cops auftauchen.«

Er atmete erleichtert aus. Wäre ja ganz schön doof gewesen, wenn sie jetzt wegen einer solchen Kleinigkeit disqualifiziert wurden.

Erst als sie der Startlinie näher kamen, konnte Max erkennen, was auf dem Stück Stoff geschrieben stand, das über der Fahrbahn flatterte. In kindlich-krakeliger Schrift war dort »Drift Match« zu lesen. Er runzelte die Stirn und kniff die Augen zusammen. War das Banner in Wirklichkeit etwa ein altes Bettlaken? Mit kleinen Hühnchen als Muster? Das sah jetzt aber nicht unbedingt nach einem Rennen mit hohem Preisgeld aus. Eher wie eine Gartenparty! Piper allerdings schien keinerlei Zweifel zu haben. Sie beobachtete freudig die Menge, hob einmal sogar die Hand, um nach draußen zu winken. Also lenkte Max den Wagen zur Linie auf dem Boden und stellte den Motor ab.

Sofort kam ein breitschultriger Typ in schwarzem Anzug, mit Sonnenbrille und einem Kopfhörer im Ohr auf sie zumarschiert, das Klischee eines Bodyguards. In einer Hand hielt er eine Art Scanner, in der anderen etwas unförmiges Gelbes. Er bedeutete Max, das Fenster runterzulassen.

»Einladung?«, brummte der Mann und hielt das Gerät hoch. Max nahm das Handy von Piper entgegen, wischte auf dem Display bis zur Missionsübersicht und hielt es dann dem Bodyguard hin, der es direkt scannte. Die Einladung schien korrekt zu sein, denn das Gerät blinkte kurz grün auf.

»Die Enkelin vom Boss fliegt in den Urlaub, hat aber einige Dinge vergessen«, erklärte der Mann jetzt und steckte den Scanner ein.

Max blinzelte irritiert. War das ein Code? Musste er eine geheime Antwort darauf geben?

»Jedes Team bekommt ein Gepäckstück, das so schnell wie möglich zum Zielort gefahren werden muss. Die Koordinaten schicken wir euch aufs Handy.«

Mit diesen Worten hielt er mit der anderen Hand das unförmige Ding hoch. Fast hätte Max losgeprustet: Es war ein knallgelber, extrem niedlicher Rucksack in Form eines zwinkernden Katzenkopfes. Am Reißverschluss hingen außerdem jede Menge bunter Schlüsselanhänger. Der Bodyguard drückte ihm das Teil, das in seiner großen Pranke besonders absurd aussah, durch das schmale Fenster des Lamborghinis hindurch in die Arme.

»Nicht kaputt machen«, blaffte der Typ und stapfte wieder davon.

Nachdem Max die Fensterscheibe hochgefahren hatte, herrschte Stille. Kurz starrten Piper und er sich nur ratlos an, dann brüllten sie gleichzeitig los vor Lachen.

»Ehrlich«, japste Piper und schob mühsam eine Hand unter ihre Maske, wohl um sich eine Träne aus dem Auge zu wischen. »Ich wusste nicht, dass das Rennen *so* abläuft.«

Während sie den Rucksack vor sich im Fußraum verstaute, sah Max zu den anderen Teams rüber und fing prompt wieder an zu lachen. Auf der zweiten Startposition stand ein Sportwagen, der fast bis zur Unkenntlichkeit aufgemotzt worden war: blendend blank polierte Chromfelgen, vierfacher Auspuff, eine Lackierung, die aussah, als hätte sich ein Kleinkind an einem Graffiti versucht, so tiefergelegt, dass kaum ein Blatt Papier drunterpasste und – waren das etwa *zwei* Heckspoiler übereinander? Der Fahrer und seine Navigatorin, beide mit Zombie-Halloweenmasken auf dem Kopf, standen neben ihrem Wagen und versuchten gerade verzweifelt, die Batterien aus einem kleinen, kläffenden Spielzeughund in einem Transportkorb zu entfernen. Das war offensichtlich das Gepäckstück, das dieses Team transportieren musste. Max war froh, dass sie stattdessen nur einen harmlosen und vor allem stillen Rucksack bekommen hatten.

Piper berührte ihn an der Schulter und zeigte aus dem Fenster auf ein echtes Monster von einem Sportwagen, der auf vorderster Startposition stand. »Die Kingston Riders sind auch da«, sagte sie finster.

Die beiden Typen, die sie meinte, lehnten lässig an einem silbernen Camináo. Zwischen ihnen stand ein Hartschalenkoffer in dem gleichen grellen Gelb wie der Rucksack – wohl das ihnen zugeteilte Gepäckstück. Sie trugen Löwenmasken, und auf Brusthöhe ihrer T-Shirts erkannte Max, auch wenn es recht klein war, das Logo der Kingston Riders wieder, den Autoreifen mit der Krone darüber.

»Die haben keine Chance mit so einem Schmalspurauto«, versuchte er Piper aufzumuntern, die jetzt doch etwas nervös wirkte. Er gab ihr das Handy zurück, das sie gleich zum Navigieren brauchen würde.

Sie nahm es mit einem Nicken entgegen. »Die Riders sind nicht gerade dafür bekannt, fair zu fahren«, erklärte sie, während sie auf dem Display herumwischte. »Auf die musst du also besonders aufpassen.«

Max legte die Hände aufs Lenkrad und packte es so fest, dass ihm die Knöchel ein bisschen wehtaten.

Herausforderung akzeptiert, dachte er entschlossen.

An der Startlinie tauchte wieder der Bodyguard auf und neben ihm ein kleiner alter Mann, der sich ächzend auf einen Krückstock stützte. Max fand, dass er wie ein Butler aussah, der eigentlich schon seit vielen Jahren in Rente sein sollte, aber noch immer in seinem feinen Anzug herumlief. In der freien Hand hielt der kleine Mann eine schwarzweiß karierte Fahne, die er jetzt zittrig in die Höhe hielt. Ob der Opi wohl zu dem sagenumwobenen »Boss« gehörte, dem superreichen Typen, der regelmäßig das Drift Match veranstaltete?

Die Zombies hatten den Plüschhund mittlerweile zum Schweigen gebracht und waren in ihr Auto geklettert, und auch die Kingston Riders verschwanden jetzt samt Koffer in ihrem Camináo. Die Schaulustigen am Rand der Strecke rückten ein Stückchen näher an die Absperrung heran, um einen guten Blick auf den Start zu haben.

Max ließ den Motor des Lambos wieder an. Sofort vibrierte und surrte der Sportwagen angenehm. Eine unbändige Kraft schlummerte unter dem neuen blauen Lack und wartete nur darauf, endlich freigelassen zu werden.

»Gleich ist es so weit«, flüsterte Max und schaltete über den Hebel am Lenker in Drive, hielt den rechten Fuß nur locker auf dem Bremspedal und starrte konzentriert auf die Fahne, die der alte Mann hochhielt.

Das Handy in Pipers Hand vibrierte.

»Hier sind die Zielkoordinaten!«, rief sie. »Wir müssen zum Flughafen, natürlich!«

Vor ihnen grinste der Alte, öffnete die Finger und ließ die Fahne fallen. Wie in Zeitlupe segelte sie nach unten.

Max riss den Fuß von der Bremse.

Das Stück Stoff berührte den Boden.

Max drückte aufs Gas.

Der Motor des Lambos gab einen Sound von sich, der in Max' Ohren wie Musik klang. Sie schossen in einem Wahnsinnstempo nach vorne, rasten die Straße entlang und zwischen den Wohnhäusern hindurch. Max hörte nur noch, wie die Motoren der anderen Wagen ebenfalls aufheulten, wie der vierfache Auspuff der Zombies röhrte, dann war er schon an ihnen vorbei. Keiner beschleunigte so schnell wie sein Lambo, das wusste er. Ihm pochte der Puls in den Ohren, und er spürte, wie ihm Gänsehaut über die Oberarme lief, als ihn die Geschwindigkeit in den Fahrersitz presste. In diesem Moment gab es nur ihn, seinen Wagen und das Rennen.

»Bieg da vorne links ab!«, drang Pipers Stimme zu ihm durch.

Das brachte Max wieder zurück in die Realität. Sie brausten an vereinzelten Häusern vorbei, hatten aber schon fast das Ende des Wohngebiets erreicht. Im Rückspiegel erkannte er, dass die anderen Wagen dicht hinter ihnen waren. Weitere Männer und Frauen in schwarzen Anzügen und Sonnenbrillen standen am Straßenrand und sperrten Zufahrtswege zur Strecke ab, sodass ihnen keine anderen Autofahrer oder Fußgänger in die Quere kommen konnten.

Er bog scharf links ab, driftete schlitternd um die Kurve und beschleunigte auf einer langen Geraden, die in ein Industriegebiet führte. Rechts lagen Parkplätze und Einkaufszentren hinter einem schmalen Graben und einer Mauer, links von ihnen der ausgetrocknete Kanal, der Max schon auf seiner ersten Fahrt zu den Gearheads aufgefallen war. Vor ihnen war die Straße frei, sie konnten also richtig Gas geben. Aber die Kingston Riders im silbernen Camináo holten auf, obwohl der Tacho des Lambos auf die 200 zusteuerte. Und auch die Zombies konnten wider Erwarten bei dem Tempo mithalten, auch wenn Max absolut nicht sagen konnte, was für ein Auto unter all dem aufgemotzten Kram steckte.

Er sah jetzt am Horizont die Hochhäuser im Zentrum von Los Carros im Sonnenuntergang leuchten und erinnerte sich daran, dass der Flughafen auf der anderen Seite der Stadt lag, ganz im Süden am Meer.

»Müssen wir wirklich einmal durch die Innenstadt durch?«, fragte er nervös. Er erwartete zwar, dass die Handlanger des mysteriösen Bosses auch dort alles abgesperrt hatten, dennoch war die Strecke sicher enger, hatte steilere Kurven und war durch Ampeln, Telefonboxen, Bushaltestellen und andere Hindernisse nicht so frei und offen wie hier.

Aber Piper antwortete nicht, stattdessen starrte sie in den Seitenspiegel und schob die Maske kurz hoch, um besser sehen zu können.

»Warum fallen die Riders zurück?«, fragte sie.

Und tatsächlich, Max sah es jetzt auch. Eben noch hatte der Wagen der Riders ihm fast am Heck geklebt, jetzt wurde er immer kleiner im Rückspiegel. Die Zombies schossen schon daran vorbei, dem Lambo dicht auf den Fersen.

Piper rückte die Fuchsmaske wieder zurecht. »Irgendwas ist hier faul, Max«, sagte sie leise.

»Und ich weiß auch, was!« Er zeigte hektisch über sein Lenkrad auf die Fahrbahn. Ein gutes Stück vor ihnen, vielleicht 500 Meter entfernt, tauchten einige Figuren am Rand der Rennstrecke auf. Sie waren nicht viel mehr als dunkle Umrisse, aber es sah so aus, als würden sie eine Kette bilden und schwere Gegenstände weiterreichen. Je näher sie der Stelle kamen, desto deutlicher wurde das Bild.

»Sie kippen etwas auf die Straße!«, schrie Piper entsetzt.

Max nahm vor Schreck den Fuß vom Gas, wollte schon auf die Bremse steigen und entschied sich gerade noch so dagegen. Bei fast 200 Sachen eine Vollbremsung hinzulegen war absoluter Wahnsinn. Stattdessen ergriff er das Lenkrad fester und versuchte, seine Atmung zu beruhigen. Kein Zweifel, dass das Anhänger der Kingston Riders waren!

Sie hatten Eimer dabei, die sie jetzt mit Schwung auf den Asphalt ausleerten. Der Inhalt funkelte verräterisch in der Abendsonne. Wahrscheinlich eine Mischung aus Glasscherben, scharfkantigen Metallstücken und Nägeln. Piper hatte recht gehabt, ihre Gegner spielten nicht fair. Wenn sie in den Teppich aus Glasscherben und Metall fuhren, würde das zweifelsohne die Reifen des Lambos beschädigen. So konnten sie unmöglich das Rennen gewinnen. Also mussten sie ausweichen. Aber wohin? Wohin?!

Er brauchte einen Plan. Schnell.

AM LIMIT

Max' Augen huschten von links nach rechts. Lagerhallen, Industrieruinen und … Na klar! Mit einem Mal wusste er, was er zu tun hatte. Er riss das Lenkrad rum, tippte dabei die Bremse an. Mit quietschenden Reifen driftete der Wagen nach links von der Straße ab, über einen kurzen Grünstreifen und dann die betonierte Wand des ausgetrockneten Kanals hinab. Es knirschte und knarzte, als die Karosserie über Beton schabte. Piper schrie erst, dann jubelte sie laut, als sie begriff, was Max vorhatte. Mit einem herzzerreißenden Krachen, das sicherlich das Ende seiner Stoßstange bedeutete, setzten sie hart auf dem Grund des Kanals auf und wurden ordentlich durchgeschüttelt.

Hinter ihnen rauschten die ahnungslosen Zombies weiter die Straße entlang und auf die Glasscherben zu. Aber Max konnte jetzt nicht darüber nachdenken. Er lenkte den Lambo über den Boden des Kanals, gab wieder Gas, wich Kartons, Matratzen, Mülltonnen und anderem Kram aus, der sich über die Jahre hinweg hier unten angesammelt hatte.

»Geniale Idee, Herr Rennfahrer!«, sagte Piper lachend.

»Die hatte allerdings noch jemand«, antwortete Max mit einem Blick in den Rückspiegel.

Die Kingston Riders hatten ihren silbernen Sportwagen ebenfalls in den Kanal gelenkt, allerdings deutlich eleganter. Jetzt beschleunigten auch sie und brausten ihnen nach. Max hatte so etwas schon befürchtet, immerhin mussten auch sie die Falle umfahren, mit dem einzigen Unterschied, dass sie natürlich vorher Bescheid gewusst hatten und daher vorbereitet gewesen waren.

Aber er hatte sowieso nicht vor, ihnen auf dieser Strecke lange Gesellschaft zu leisten. Zu gefährlich war es, dauernd dem Müll auszuweichen. Gerade eben erst hatte er die Überreste eines Einkaufswagens umkurvt und sich dabei an einem rostigen alten Grill einen fiesen Kratzer im Lack zugezogen. Wenn er wollte, dass sein Auto dieses Rennen nicht nur beendete, sondern dabei auch noch halbwegs intakt blieb, mussten sie zurück auf die Straße. Also nahm er Anlauf, beschleunigte unter lautem Motordröhnen und lenkte den Wagen bei nächster Gelegenheit mit Schwung wieder die Betonwand hinauf.

Ein weiteres Mal knirschte der Frontspoiler über den Beton, obwohl er sich bemüht hatte, den Aufstieg nicht zu steil, sondern eher schräg zu treffen. Aber der Lambo lag eben ziemlich tief. Doch darum konnte er sich später noch Gedanken machen. In diesem Moment musste sein Auto für kurze Zeit das Fliegen lernen.

Max gab Gas. Schätzte, so gut es ging, ab, wie viel Platz ihnen jeweils zwischen den Straßenlaternen blieb, um keinen Crash zu verursachen. Wie in einem Hollywoodfilm schossen sie die rechte Seitenwand des Kanals entlang. Er hörte Piper angespannt unter der Maske atmen. Er selbst fühlte sich ruhig. Aus einem Kanal zu springen war gar nichts im Vergleich dazu, auf einem fahrenden Zug zu landen. Und das mit dem Zug hatte er schon mehrfach geschafft.

Er lenkte weiter nach rechts oben, die Kante des Kanals fest im Blick. Noch 100 Meter. 50. Jetzt!

Sie hoben ab. Schossen über die Kante hinweg wie über eine Rampe. Eine Sekunde, vielleicht auch zwei, flog der Lambo durch die Luft wie ein blauer Pfeil. Dann senkte sich die Front, und Max hoffte inständig, dass er sich nicht überschätzt hatte.

»Festhalten!«, konnte er gerade noch rufen, da landeten sie auch schon mitten auf der Straße. Es schepperte, aber Max hatte den Wagen im Griff, hielt das Lenkrad stur gerade, damit das Heck nicht ausbrechen konnte, und drückte das Gaspedal wieder durch, um ihren Schlingerkurs zu stabilisieren.

»Du bist wahnsinnig!«, lachte Piper von der Seite.

»Wahnsinnig gut meinst du!«, gab Max stolz zurück und zischte zufrieden auf die immer näher kommenden Hochhäuser der Stadt zu. Im Rückspiegel sah er den qualmenden Wagen der Zombies. Die Glas- und Metallstücke hatten wie erwartet mindestens einen der Reifen zum Platzen und das Auto ins Schleudern gebracht, woraufhin es gegen eine Laterne gerauscht war, die nun eingeknickt über der aufgemotzten Karre hing. Den beiden Fahrern schien allerdings nichts passiert zu sein, sie standen wütend und haareraufend gemeinsam mit dem Transportkorb für den Spielzeughund an der Straße und schauten ihnen nach.

Ein gegnerisches Team war also ausgeschaltet, doch das zweite meldete sich wie aufs Stichwort. Der Camináo zog mit einem Mal mit ihnen gleich. Max erschrak, er hatte ihn gar nicht kommen sehen oder gehört. Ohne den Blick zu lang von der Straße zu nehmen, schielte er rüber in den anderen Wagen. Auch wenn die beiden Kingston Riders Löwenmasken trugen, konnte man sehen, dass sie die ganze Situation unglaublich witzig fanden. Sie winkten ihnen feixend zu.

»Ignorier sie«, meinte Piper, die jetzt die Karte auf seinem Handy studierte.

Max nickte und schaute konzentriert nach vorne. Sie schossen mit einem Wahnsinnstempo weiter über die Straße auf die Innenstadt von

Los Carros zu, tauchten bereits in die ersten langen Schatten ein, die die Hochhäuser in der Abendsonne warfen.

»Navigier mich«, bat er, denn er wusste, dass er im Labyrinth der Innenstadt gleich genauste Anweisungen brauchen würde.

»Vorne kommt eine scharfe Rechtskurve.« Piper zoomte mit zwei Fingern näher in die Karte rein. »Dann über eine große Kreuzung.«

»Geht klar!«

Er nahm geschickt die Kurve, rauschte in die Häuserschlucht zwischen den Wolkenkratzern, vorbei an einer Bushaltestelle, einem Hotdog-Stand und an Palmen, die die Fahrbahn säumten. Wie erwartet waren auch hier die Straßen frei, weder Autos noch Radfahrer waren zu sehen. Bodyguards blockierten mit großen schwarzen Vans Abzweigungen und hielten Fahrer und Fußgänger gleichermaßen auf. Sobald der Lambo und der Caminão vorbeigedonnert waren, wurden die Vans zur Seite gefahren und die Menschen wieder durchgelassen.

»Mist!«, fluchte Max. Er hatte sich von den Vorgängen am Streckenrand so ablenken lassen, dass der Wagen der Riders rechts an ihnen vorbeiziehen konnte. Sofort versuchten ihre Gegenspieler, sie von der Fahrbahn in die Seitenplanken zu drängen. Immer wieder zogen sie nach links und kamen dem Lambo dabei gefährlich nahe. Doch Max war sich ziemlich sicher, dass sie nur blufften. Bei der hohen Geschwindigkeit wäre das Risiko viel zu groß, dass sie durch so ein Manöver selbst ins Schleudern gerieten. Deswegen hielt er die Spur, egal was die Riders versuchten.

»Da vorne kommt eine Unterführung«, gab Piper die nächste Anweisung. »Direkt dahinter scharf links.«

Die Riders hingen an ihrer Beifahrerseite, als wären sie mit einem unsichtbaren Seil verbunden. Das ging Max gehörig auf die Nerven. Da er auf der inneren Spur unterwegs war, hatte er in einer Linkskurve eh schon weniger Platz und musste notgedrungen sein Tempo verlangsamen.

Die Riders witterten ihre Chance und überholten. Mit laut quietschenden Reifen legte sich der Camináo in die Kurve und zog dann sofort nach links rüber, um den Lambo zu schneiden. Doch das hatte Max bereits kommen sehen. Er verringerte die Geschwindigkeit noch ein wenig und ließ ihre Gegner großzügig vorbei. Der Weg zum Flughafen war noch lang. Früher oder später würden sie schon einen Fehler machen. Jetzt gerade wollte er sie einfach nur weg von seiner Flanke haben.

So ging es weiter, über Seitenstraßen und Stadtautobahnen, den Freeway rauf und den nächsten Boulevard wieder runter. Das Handy führte sie kreuz und quer durch Los Carros, vorbei an Shoppingcentern, unzähligen Leuchtreklamen, riesigen Bürogebäuden und Hotels. Offensichtlich verfolgte das Drift Match nicht den schnellsten Weg zum Flughafen, sondern absichtlich den verworrendsten. Max hatte längt den Überblick verloren, in welchem Stadtteil sie sich befanden, und Piper gab eine Anweisung nach der anderen, links, rechts, Spurwechsel. Er kannte die Map von Los Carros zwar ziemlich gut und war es gewöhnt, rote Ampeln zu ignorieren und jede Kurve zu schneiden, aber bei dem Tempo, das sie nach wie vor draufhatten, lief er ständig Gefahr, an der nächsten Abbiegung vorbeizurauschen. Die wirren Straßen der Innenstadt forderten all seine Konzentration. Ohne seine Navigatorin hätte er den Lambo sicher gegen die nächste Häuserecke gesetzt.

Mal übernahm Max die Führung, dann wurde er ausgebremst, und der Camináo setzte sich an die Spitze. Einmal hätten die Riders fast eine falsche Ausfahrt genommen, ein anderes Mal wäre Max fast aus einer Kurve geflogen. Es zermürbte ihn, dass sie einfach keinen Abstand zwischen sich und ihre Gegner bringen konnten, und er wurde unaufmerksam. Ob er wollte oder nicht, er musste anerkennen, dass die beiden maskierten Kerle ihre Sache einfach wirklich gut machten.

»Wir brauchen einen Plan«, meldete sich Piper neben ihm zu Wort.

Ihre Stimme klang deutlich angespannt, und Max wusste auch, warum. Vor ihnen lag das Stadion, ein unverwechselbares Gebäude, das er auch ohne einen Blick auf die Map gleich erkannte. Direkt dahinter hob sich die Beleuchtung einer gigantischen Brücke, die zum Hafen führte, vom Abendhimmel ab. Ihn und Piper trennte jetzt nur noch eine kurze Strecke von ihrem Ziel, eine lange Gerade, die direkt in die U-förmigen Spuren zu den Flughafen-Terminals mündete. Perfekt, um zu beschleunigen – für beide Autos.

Sofort gaben die Kingston Riders Gas, Max tat es ihnen nur einen Herzschlag später gleich. Jetzt musste es sich einfach entscheiden. Die beiden Autos flogen geradezu über die leere Fahrbahn. Max spürte, wie seine Hände am Steuer schwitzig wurden.

»Müssen wir zur rechten oder linken Seite des Rollfelds?«, fragte er Piper.

Die vergewisserte sich am Handydisplay. »Eher links.«

»In Ordnung.«

Er schielte kurz auf die virtuelle Karte am unteren linken Rand seines Blickfelds. Wenn er sich richtig erinnerte, gab es ein Tor zum Rollfeld links hinter den Terminals und den angrenzenden Parkhäusern. Normalerweise wäre er dafür einmal rechts um das Hauptgebäude des Flughafens herumgefahren, um nicht in den Gegenverkehr zu geraten. Aber die regelmäßig an den Ausfahrten stehenden schwarzen Vans sorgten noch immer für freie Bahn. Wenn sie sehr viel Glück hatten, würden die Riders auf der rechten Spur bleiben, und sie konnten sich hinter ihnen zum linken Tor absetzen. Doch dafür musste Max sie vorlassen. Noch war die Straße zwar breit genug, sodass sie nebeneinander fahren konnten, doch das würde sich bald ändern. Die Zufahrt zu den Terminals war eng, nicht selten staute sich hier der Verkehr im Spiel. Die beiden Autos konnten nicht gleichzeitig hindurchfahren, und wenn sich Max an die Spitze setzte, würde er verraten, in welche Richtung er wollte. Widerwillig nahm er den Fuß ein kleines bisschen vom Gas.

Die Riders schienen ähnliche Gedanken zu hegen. Auch sie wurden langsamer, blieben auf gleicher Höhe wie der Lambo.

»Jetzt fahrt schon!«, murmelte Max unter seiner Maske.

Der Engpass kam immer näher. Eine unscheinbare Abfahrt von der mehrspurigen Straße, auf der sie unterwegs waren.

Max verlor die Geduld. »Ihr habt es nicht anders gewollt!«, rief er und trat das Gaspedal durch. Der Lambo machte einen Satz nach vorn, und die Riders zogen sofort nach. Genau das hatte Max gehofft. Er trieb sie noch ein Stückchen weiter an. Direkt vor ihnen gabelte sich jetzt die Straße. Niedrige Betonbegrenzungen teilten die Spur und würden jedem Wagen zum Verhängnis werden, der mit hoher Geschwindigkeit gegen sie fuhr. Die Riders konnten nicht anders, als weiter rüber auf seine Seite zu ziehen, um nicht gegen die Fahrbahnbegrenzung zu crashen.

Auf diesen Moment hatte Max gewartet. In letzter Sekunde bremste er ab, und der Camináo zog haarscharf an ihnen vorbei.

»Was tust du?!«, schrie Piper, doch Max lachte.

»Das gehört alles zum Plan«, versicherte er, auch wenn Piper abfällig schnaubte.

Sie klebten jetzt direkt an der Stoßstange der Riders. Überholen war auf der engen Fahrbahn unmöglich, aber das wollte Max auch gar nicht. Er wollte sie in Sicherheit wiegen, um dann blitzschnell hinter ihnen nach links zu ziehen, während sie weiter geradeaus an den Terminals vorbeifuh–

»Verdammt!«

Ihre Gegner hatten offensichtlich keine Lust, sich an Max' Plan zu halten. Bei der ersten Gelegenheit rissen sie selbst das Steuer nach links und bretterten über einen Grünstreifen.

Max tat es ihnen gleich. Nur noch wenige Hundert Meter trennten sie vom Tor zum Rollfeld. Jetzt musste es schnell gehen. Sehr schnell.

Seine Finger fanden zielsicher den Schalter am Lenkrad, der in dieser Situation sein letztes Ass im Ärmel war. »Corsa« stand dort, und in der Sekunde, als er den Schalter betätigte, wechselte sein Lambo in den Rennmodus.

Die Motorensounds kannten kein Halten mehr. Max trat das Gaspedal so weit durch wie nur irgendwie möglich, und der Wagen brüllte auf wie ein wild gewordenes Monster, katapultierte ihn und Piper nach vorn neben den Caminão.

»Toller Plan!«, keifte Piper, die vor Schreck fast das Handy fallen gelassen hätte.

Vor ihnen erschien das Tor zwischen zwei Flughafengebäuden. Es stand offen, was er so im Spiel noch nie gesehen hatte. Wahrscheinlich extra für das Rennen. Aber Max hatte es sowieso auf ein kleines Detail rechts neben dem Tor abgesehen. Ein alter, nach vorne hin offener Container stand dort, aus dem Bauschutt bis auf den Gehweg quoll. Und genau darauf hielt Max nun zu.

»Was hast du vor?!« Pipers Blick wechselte hektisch vom Lenkrad zur Frontscheibe und zurück. Für sie musste es so aussehen, als wollte er den Wagen geradewegs in den Container fahren. »Max? Hörst du?!«

Er hörte sie sehr gut. Aber er hatte seinen Entschluss längst gefasst. Er würde das gegnerische Team auf der kurzen Strecke selbst im Rennmodus nicht mehr überholen können. Doch das musste er auch nicht.

»Vertrau mir«, zischte er zwischen zusammengebissenen Zähnen.

Zwei dicke Holzplanken ragten aus dem Bauschutt heraus und bildeten eine Rampe, auf die kein vernünftig denkender Mensch auch nur einen Fuß setzen würde. Max drückte das Gaspedal weiter bis zum Anschlag durch.

Piper krallte sich mit ihrer linken Hand an seinem rechten Oberarm fest. »Okay …«, sagte sie mit zittriger Stimme und dann noch mal, entschlossener diesmal: »Okay!«

Im selben Moment, als der Camináo links neben ihnen durch das Tor sauste, schossen sie über die Rampe, flogen über die Riders hinweg, genau am Hangar entlang und in Richtung Rollfeld. Als sie den höchsten Punkt ihrer Flugbahn erreichten, hob es sie kurz aus den Sitzen, als wären sie schwerelos. Piper brach in atemloses Gelächter aus, Max klammerte sich fest an sein Lenkrad.

Er hatte diesen Stunt schon Hunderte Male gemacht, aber niemals so. Niemals hatte er die aussetzende Schwerkraft gespürt und anschließend, wie es ihn wieder in den Sitz drückte. Nie hatte sein Herz so heftig geschlagen.

Krachend kamen sie auf dem Boden auf. Unter ihnen schlitterte der Lambo, verlor den Halt auf dem Asphalt, schleuderte mal zur einen, mal zur anderen Seite. Im Spiel fühlten sich diese Stunts immer so einfach an. Egal wie hoch oder weit man bei solchen Rampen flog, wenn man gut war, landete man doch immer so, dass man gemütlich weiterfahren konnte. Das hier allerdings war alles andere als gemütlich. Panisch packte Max das Lenkrad, versuchte, den Wagen unter Kontrolle zu bekommen. Sie hatten noch immer ein irres Tempo drauf, drifteten jetzt gegen die Seitenwand des Hangars, schrammten mit einem hässlichen Knirschen an ihr entlang.

Piper packte ebenfalls das Lenkrad, half Max dabei, es gerade zu halten. »Komm schon!«, flehte sie angestrengt, und endlich, nach endlosen Sekunden, bändigten sie den Wagen und sausten wie an einer Schnur gezogen raus aufs offene Rollfeld. Pipers Blick glitt zeitgleich mit dem von Max hoch zum Rückspiegel, in dem sie beide dasselbe sahen. Die Kingston Riders waren kurz hinter dem Tor zum Stehen gekommen. Soeben öffnete sich die Fahrertür, und einer der maskierten Männer stieg aus, um ihnen nachzuschauen.

»Geschafft«, keuchte Max und blinzelte einige Schweißtropfen aus seinen Augen, die er sich wegen der Maske nicht wegwischen konnte.

»Da muss es sein.« Piper deutete auf einen beleuchteten Privatjet vor ihnen, vor dem schon eine Handvoll Menschen wartete. Ein Banner mit dem krakeligen Wort »Ziel« flatterte im Wind, und wieder meinte Max, das Hühnchenmuster zu erkennen.

Mit einem letzten Drift bremste er den Wagen kurz vorm Ziel aus, zog die Handbremse und stellte den Motor ab. Piper fischte den Rucksack aus dem Fußraum, und gemeinsam stiegen sie aus. Sofort wehte ihnen warmer Wind entgegen, der Geruch des vom Tag aufgeheizten Asphalts, das Dröhnen ferner Flugzeugdüsen. Max sah über die Schulter zurück. Die beiden Kingston Riders mit den Löwenmasken waren aus ihrem Wagen gestiegen. Der Fahrer lehnte ruhig an der Motorhaube, doch der Navigator gestikulierte wild auf seiner Seite, trat sogar gegen einen der Reifen, woraufhin er auf einem Bein zu hüpfen begann, weil er sich wehgetan hatte. Er schien die Niederlage nicht ganz so gut wegzustecken wie sein Kollege.

Grinsend wandte sich Max wieder ihrem Ziel zu. Vor dem Privatjet standen vier Bodyguards und zwischen ihnen der alte Mann, der zuvor das Rennen gestartet hatte. An seiner Hand hielt er ein kleines Mädchen, das ihnen jetzt mit großen Augen entgegensah. Das musste die Enkelin sein, der der knallige Rucksack gehörte.

Langsam atmete Max ein, sah rüber zu Piper. Er nahm ihre Hand, drückte sie. Sie lächelte ihn an, das wusste er einfach, trotz der Fuchsmaske.

»Herzlichen Glückwunsch«, sagte er. »Du hast dein erstes Drift Match gewonnen.«

Sie lachte. »Wir«, korrigierte sie. »Wir haben es gewonnen.«

VORBEREITUNGEN

»Danke sehr!« Die Enkelin freute sich sichtlich, als Max und Piper ihr den Rucksack übergaben, und streifte sich das knallgelbe Ding glücklich über die Schultern. Auch der alte Mann lächelte den Gewinnern zu, sagte jedoch kein Wort. Er wirkte noch immer nicht wie jemand, der zu einem krassen Gangsterboss gehörte, sondern eher wie ein freundlicher Opa, den man am Wochenende im Park beim Taubenfüttern traf.

Einer der Bodyguards trat auf Max und Piper zu, derselbe, der schon zuvor ihre Einladung gescannt hatte. Er hielt wieder den Scanner hoch.

»Handy«, sagte er mürrisch.

Piper streckte es ihm entgegen. Der Bodyguard drückte ein paar Knöpfe auf seinem Gerät und hielt es dann über das Display. Es piepste einmal kurz.

»Das Preisgeld wurde überwiesen«, brummte er. »Herzlichen Glückwunsch zum Sieg.« Damit marschierte er zurück zum Jet.

Piper beugte sich über das Display und stieß ein erstauntes Keuchen aus, als sie die Summe sah. Max brauchte gar nicht erst hinzugucken. Bei ihm tauchte die volle Summe jetzt halb durchsichtig rechts oberhalb seines Kopfes auf. Er nickte zufrieden. Das sah wieder ein bisschen mehr nach seinem üblichen Kontostand aus, auch wenn noch immer ein, zwei Nullen fehlten.

»Unfassbar«, flüsterte Piper, die offenbar noch nie so viel Geld in der Hand gehalten hatte, auch nicht als bloßen Kontoauszug auf einem Smartphone. Sie reichte Max das Handy, der es zurück in die

Hosentasche gleiten ließ. Der erste Teil ihres verrückten Plans war geglückt.

»Schiebung!«

Max und Piper drehten sich ruckartig zu der Stimme um, die hinter ihnen über das Rollfeld schallte. Der Navigator der Riders kam wütend und noch immer leicht humpelnd auf sie zugestapft, gefolgt von seinem Fahrer.

»Wir waren zuerst auf dem Rollfeld!«, brüllte er unter der Löwenmaske. »Ihr habt uns ausgetrickst!« Mit einem drohend erhobenen Zeigefinger kam er auf Piper zu, als wollte er auf sie losgehen.

Max schob sich sofort dazwischen. »Junge, entspann dich!«

»Du meinst, *wir* haben getrickst?« Piper lachte verächtlich. »Ihr habt doch die Zombies sabotiert und immer wieder versucht, uns von der Straße abzudrängen!«

»Lasst es gut sein«, schaltete sich der Fahrer ein, der sie nun ebenfalls erreicht hatte. Sein Kollege schnaubte, strich sich sein Shirt glatt, hielt aber die Klappe.

Auch Piper verschränkte nur trotzig die Arme vor der Brust, machte aber keine Anstalten, den Streit fortzusetzen. Der Fahrer räusperte sich und hielt Max die rechte Hand entgegen.

»Mir scheint, Glückwünsche sind angebracht«, sagte er. Es klang seltsam ehrlich, als freute er sich tatsächlich ein bisschen darüber, dass das andere Team gewonnen hatte. Aber er spielte vermutlich nur besonders gut, der Schleimer.

Ehe Max auch nur darüber nachdenken konnte, ob er die Hand trotzdem schütteln sollte, hatte Piper sich bereits umgedreht, packte ihn am Arm und zog ihn mit sich zum Lambo.

»Auf eure Glückwünsche können wir verzichten!«, rief sie über die Schulter zurück.

Der Rider starrte einen Moment lang auf seine ausgestreckte Hand, ließ sie schließlich schulterzuckend sinken und begab sich seinerseits zusammen mit seinem Teampartner auf den Weg zurück zum Camináo.

»Was denen einfällt!«, regte sich Piper neben Max auf. »Glückwünsche, pah! Schau nur, was sie mit deinem Wagen angestellt haben!«

Max folgte ihrer ausgestreckten Hand mit dem Blick und nahm zum ersten Mal nach dem Rennen so richtig wahr, wie sehr sein geliebter Lambo gelitten hatte. Der Frontspoiler war wahrscheinlich irgendwo im Kanal zurückgeblieben, aber vor allem die Seite hatte ordentlich was abbekommen. Eine riesige Schramme lief die gesamte Beifahrerseite entlang, der Seitenspiegel hing nur noch lose an ein paar Kabeln runter.

Wehmütig strich Max über den aufgekratzten blauen Lack, versuchte erfolglos, den Spiegel wieder festzustecken. Schließlich entschied er, ihn ganz abzureißen, er würde ja doch nur in jeder Kurve gegen das Auto schlagen. Kaum hatte er das Ding jedoch in der Hand, verschwand es, und in seinem Augenwinkel ploppte eine Nachricht auf, die besagte, dass der Spiegel seinem Inventar hinzugefügt worden war. Tja, so ging es natürlich auch.

Als Piper ihm überraschend eine Hand auf die Schulter legte, zuckte er ertappt zusammen. Aber anscheinend hatte sie nicht mitbekommen, wie sich ein Gegenstand in seiner Hand in Luft aufgelöst hatte. Sie schaute nur ebenso betroffen wie er auf die hässliche Schramme.

»Die Reparatur geht natürlich aufs Haus«, bot sie an. »Wenn das alles hier vorbei ist.«

Max schluckte, als ihm klar wurde, dass er nicht gemeinsam mit Piper zur Gearhead-Garage zurückkehren würde, wenn heute Abend alles glattlief. Dann würde er durch den Kristall auf den Kingston Towers wieder nach Hause finden und sie wahrscheinlich nie wiedersehen. Aber das wusste Piper natürlich nicht. Also räusperte er sich schnell und hoffte, dass sie seine Reaktion für Trauer um seinen schönen Wagen hielt.

Mit einem letzten gemeinsamen Seufzen stiegen sie ins Auto. Sie sahen noch einmal zum Privatjet, vor dem der alte Mann mit seiner Enkelin gerade die Zombies empfing. Die waren offenbar zum Schluss doch noch angekommen, hatten nur ordentlich Zeit verloren, weil sie erst ihre Autoreifen wechseln mussten – man erkannte es daran, dass die neuen nicht so schick verchromt waren. Während die Enkelin unzufrieden den erstaunlich stillen Spielzeughund schüttelte, zoffte sich einer der Zombies mit den Kingston Riders.

Sie konnten sich das Spektakel allerdings nicht länger ansehen, immerhin war der Sieg beim Rennen nur der erste Teil ihres großen Plans gewesen. Also brausten sie vom Rollfeld, weg vom Flughafen und Richtung Innenstadt. Hier war mittlerweile wesentlich mehr los, es war wohl Feierabendverkehr. Von den Absperrungen, die zuvor die Rennstrecke freigehalten hatten, war nichts mehr zu sehen. Stattdessen standen die Autos nun überall Stoßstange an Stoßstange.

Als sie auf einer breiten Straße vor einer roten Ampel warten mussten, zogen sie sich endlich die Masken vom Kopf. Max versuchte, seine Haare, die in alle Richtungen abstanden, mit einem Blick in den

Rückspiegel irgendwie zu bändigen, gab aber schließlich auf und setzte einfach seine Kappe, die er im Auto verstaut hatte, wieder auf den Kopf.

Piper hatte durch ihren Zopf keine Probleme mit ihrer Frisur und nutzte stattdessen die Zeit, um die Nachrichten auf ihrem eigenen Handy zu checken.

»Zee und Taylor haben uns die Koordinaten für einen Treffpunkt geschickt«, sagte sie. »Ganz in der Nähe der Kingston Towers.«

Die Ampel über ihnen sprang um auf Grün, und der Verkehr setzte sich wieder in Bewegung. Max trommelte nervös auf dem Lenkrad herum. Nach dem rasanten Rennen eben war es total seltsam, sich jetzt wieder an die Geschwindigkeitsbegrenzung halten zu müssen. Er hoffte nur, dass sie kein Polizist wegen des fehlenden Seitenspiegels anhalten würde.

Trotz Rush Hour kamen sie gut voran. Die meisten Leute wollten in die genau entgegengesetzte Richtung, nämlich raus aus der Innenstadt und rein in die Vororte, um den Abend zu Hause mit ihren Familien zu genießen. Aber Max und Piper hatten noch keinen Feierabend. Sie hatten noch ein gutes Stück Arbeit vor sich.

Der Treffpunkt, an dem sie die beiden anderen Gearhead-Mitglieder treffen sollten, war eine Tiefgarage, die fast vollkommen leer war. Zee und Taylor warteten bereits vor einem kleinen Van mit einigen Kisten und Taschen auf sie, als sie den Wagen abstellten.

Kaum waren sie ausgestiegen, riss der junge Schneider sie in eine herzliche Umarmung.

»Ihr habt es wirklich geschafft!«, jubelte er übermütig, wirbelte dann herum, beugte sich über eine der Kisten und drückte ihnen anschließend jeweils einen Stapel Kleidung in die Hand.

»Zieht das an«, drängte er. »Wir sind schon knapp in der Zeit!«

Max und Piper sahen sich kurz überrumpelt an, mussten dann aber doch lachen und verschwanden rasch in zwei unterschiedliche Richtungen, um sich hinter breiten Betonpfeilern in Ruhe umzuziehen.

Das Kellner-Outfit, das Taylor für Max zusammengestellt hatte, war relativ schlicht: eine schwarze Anzughose, ein weißes Hemd mit Fliege und eine dunkle Schürze. Daran hing ein Mitarbeiterausweis mit einem fremden Namen und einem Foto, das ganz offensichtlich ihn zeigte. Hatte Zee das etwa aus der Polizeidatenbank? Es sah ziemlich klar nach einem Verbrecherfoto aus. Nur für seine weißen Sneaker gab es keinen Ersatz. Er hoffte, das würde niemandem auffallen.

Seine alten Klamotten faltete Max halbwegs ordentlich zusammen und brachte sie zurück zum Lamborghini, wo er die Beifahrertür öffnete und den Stapel auf den Sitz legte. Es hatte etwas seltsam Endgültiges, denn wenn der Plan funktionierte, würde er sein übliches Outfit in Zukunft wieder nur rein digital im Spiel tragen, während er die Gearhead-Jacke wahrscheinlich nie wiedersehen würde. Und wenn der Plan scheiterte … tja, vermutlich hätte er dann ganz andere Probleme und würde in Sträflingsklamotten im Gefängnis von Los Carros hocken.

Hinter ihm wurden jetzt Stimmen lauter, anscheinend kam Piper gerade zurück. Nach einem letzten wehmütigen Blick durch das Fenster auf seine alten Klamotten drehte sich Max zu den anderen um – und traute seinen Augen kaum. Nur mit Mühe konnte er verhindern, dass ihm vor Überraschung der Mund aufklappte.

Piper trug ein langes weinrotes Ballkleid. Der obere Teil war aus einem dünnen Stoff gefertigt, der über und über mit roten Blättern und Blumen bestickt war – Max hatte an den Jacken der Gearheads ja schon gesehen, dass Taylor ein Talent dafür hatte. Der Rock fiel in weichen Wellen nach unten, wiegte beim Gehen wie schwerelos hin und her. Er war vorne etwas kürzer als hinten, sodass man die hochhackigen Schuhe sehen konnte, die Piper trug. Mit ähnlichen Blumen wie denen am Kleid verwandelte Taylor ihren üblichen Zopf gerade in eine elegante Hochsteckfrisur. Als er fertig war, trat er einen Schritt zurück und betrachtete sein Werk zufrieden. Der junge Schneider hatte sich wirklich mehr als übertroffen.

»Wow«, machte Max und kam sich in seiner Schürze plötzlich ziemlich schäbig vor. »Du siehst wirklich gut aus.«

»Gut?!«, fragte Taylor empört. »Sie sieht *fantastisch* aus!«

Selbst Zee, die Kaugummi kauend im Schneidersitz auf der Motorhaube des Vans hockte und auf ihrem Laptop herumtippte, sah kurz auf und pfiff anerkennend, ehe sie wieder den Bildschirm anstarrte.

Piper hingegen wirkte ganz und gar nicht glücklich. Sie schwankte auf den hochhackigen Schuhen und zupfte und zerrte ständig an dem Kleid herum. Ein solches Outfit war sichtbar ungewohnt für sie.

Max musste lächeln, merkte sogar, wie er leicht rot wurde, was man hoffentlich im schummrigen Licht der Tiefgarage nicht erkennen konnte. Er fand es sympathisch, dass Piper eher schwere Schuhe, feste Hosen und Lederjacken bevorzugte. Klar, es schraubte sich auch nicht besonders gut im Ballkleid an Autos herum. Aber stehen tat es ihr trotzdem ausgezeichnet.

Piper trat an ihn heran und schob sich nervös eine Haarsträhne hinters Ohr, die sich aus der Hochsteckfrisur gelöst hatte. Dabei wurden edelsteinbesetzte Ohrringe sichtbar, die perfekt zu der funkelnden Kette passten, die sich eng um ihren Hals schmiegte. Sie sah wirklich aus wie eine junge Millionärin. Genauso sollte es schließlich auch sein.

»Und für den letzten Schliff ...« Taylor zog aus seiner Manteltasche ein Paar hauchdünner langer Handschuhe in derselben Farbe wie das Kleid hervor und reichte sie Piper, die sie augenverdrehend entgegennahm.

»Muss das wirklich sein?«, jammerte sie gequält.

»Unter deinen Nägeln ist jede Menge Motoröl.« Taylor zeigte tadelnd auf ihre Hände. »Natürlich muss das sein!«

Schicksalsergeben streifte Piper die Handschuhe über. »Können wir dann bitte los?«, fragte sie mit einem Seufzen. »Je früher wir durch sind, desto eher kann ich diese furchtbaren Schuhe ausziehen.«

Zee klapperte mit einer Hand auf der Tastatur und hielt die andere ausgestreckt in ihre Richtung. »Handy«, sagte sie knapp und klang dabei fast so mürrisch wie der Bodyguard vorhin beim Rennen.

Nachdem Max es ihr gereicht hatte, verband sie es per Kabel mit ihrem Computer.

»Ich überweise jetzt die Spende für die Einladung«, erklärte sie. »Eine Million Dollar, schon verrückt.«

Am Rand von Max' Blickfeld verschwanden bei diesen Worten eine Eins und sehr viele Nullen von seinem Kontostand, nur eine letzte Null blieb übrig. Na toll. Wieder pleite. Aber immerhin für einen guten Zweck.

»Die Bestätigung schicke ich dir zusammen mit der Einladung aufs Handy, Piper.« Zee entfernte das Kabel wieder vom Smartphone, kramte den USB-Stick, den sie ihnen schon in der Werkstatt gezeigt hatte, aus ihrem Hoodie und hielt Max beides hin. »Das Programm, mit dem ich mich von hier aus in den Safe hacken kann, ist auf dem Stick«, sagte sie so ruhig, als wäre es nicht total beeindruckend, dass sie in ihrem Alter schon solche Programme schrieb. »Wenn ihr beim Safe seid, müsst ihr es nur aktivieren.«

»Aber erst, nachdem ihr hiermit die richtigen Ziffern rausgefunden habt«, schaltete sich Taylor ein und hielt die Dose mit dem Kreidepulver hoch, ehe er sie in einem schwarzen Rucksack verschwinden ließ. Den wiederum legte er in eine Holzkiste, die neben ihm stand, und verteilte einige Möhren und Kartoffeln so, dass sie den Stoff vollständig bedeckten. Zum Schluss kam ein Holzdeckel drauf, in den man mit einem Brandeisen »Frische-Express« gekokelt hatte.

»Im Rucksack ist alles, was ihr drinnen braucht. Headsets, Seile, Stiefel für Piper, ihr wisst schon«, fuhr Taylor mit einem belustigten Blick auf Pipers hochhackige Schuhe fort. »Mit der Kiste gehst du durch den Service-Eingang an der Rückseite des Gebäudes, Max. Zee hat dich auf die Liste der Kellner geschrieben, falls jemand fragt. Aber in dem Aufzug solltest du so oder so problemlos in die Küche kommen. Da versteckst du die Kiste und wartest darauf, dass Piper die Zugangskarte für den Aufzug klaut und zu dir kommt.«

Piper atmete bei diesen Worten tief ein und schloss für einen Moment die Augen. Vielleicht spürte auch sie jetzt die Nervosität, die in der Luft hing. Ein Rennen zu gewinnen war die eine Sache. Wie Geheimagenten in die Basis eines Bösewichts einzubrechen und lebendig wieder rauszukommen war noch mal eine ganze Nummer größer.

»Also gut«, sagte Max und klatschte in die Hände, um die negativen Gedanken zu vertreiben. »Wollen wir los?«

Piper checkte noch kurz auf ihrem Handy, ob die Mail von Zee mit der gefälschten Einladung und dem Spendenbeleg auch angekommen war, steckte es dann in eine kleine Tasche, die unauffällig in den Rock eingenäht war, und nickte ihm zu.

»Die Kingston Towers sind nur eine Straßenecke weiter«, ermahnte Taylor sie, hob die Gemüsekiste an und drückte sie Max ächzend in die Arme. »Trennt euch also, sobald ihr aus der Tiefgarage kommt.«

»Ich verstehe schon«, zwinkerte Piper. »Die Millionärin kommt selten mit dem Kellner zur Party.«

»Haha«, machte Max trocken und versuchte, die schwere Kiste besser zu greifen. Er sah ein letztes Mal zu den beiden Gearheads. Die schauten mit einem nervösen Lächeln zurück, selbst Zee, die sogar ihr Tippen unterbrochen hatte.

»Ihr schafft das«, sagte sie und nickte ihnen ermutigend zu.

»Wir hören uns«, fügte Taylor hinzu. »Und jetzt verschwindet!«

Sie kamen der Aufforderung nach und traten ins Treppenhaus der Tiefgarage. Hier gab es einen Aufzug, vor dem Max mit der schweren Gemüsekiste stehen blieb, aber Piper ignorierte ihn und ging bereits die Treppe rauf, also trottete er mühsam hinterher.

Oben angekommen, stellte er die Kiste schnaufend ab. Zum Glück war es wirklich nicht weit. Hätte Taylor den Rucksack nicht unter leichterem Gemüse verstecken können? Lauch oder so?

Piper spähte durch die Tür, die raus auf die Straße führte, schien nichts Verdächtiges zu sehen und drehte sich zu Max um.

»Ich gehe vor und versuche, so schnell es geht, in die VIP-Lounge zu gelangen«, flüsterte sie, auch wenn es vermutlich hier noch nicht nötig war, leise zu sein.

»Wann und wie treffen wir uns wieder?«, fragte Max. Die Headsets aus dem Rucksack konnten sie noch nicht benutzen, um in Kontakt zu bleiben, sie wären zu auffällig.

Piper überlegte einen Augenblick. »Gib mir eine halbe Stunde, sobald ich losgehe«, sagte sie schließlich. »Ich komme unter einem Vorwand in die Küche, danach sehen wir weiter.«

Als Max bestätigend nickte, drückte sie die Tür auf und trat hinaus ins Freie. Sie sah noch ein letztes Mal zurück, lächelte nervös, dann verschwand sie. Die Tür fiel hinter ihr zu, und Max war alleine.

Er wartete fünf Minuten, ging vor der Kiste auf und ab, trommelte mit den Fingern gegen seinen Oberschenkel. Rumstehen und nichts tun war nie seine Stärke gewesen. Er war ein Macher, er packte an! Während er hier wartete, hatte sein Kopf viel zu viel Gelegenheit, über alles nachzudenken. Würde Piper mit der gefälschten Einladung überhaupt reinkommen? War sie wirklich gut genug als Taschendiebin, um einer ausgebildeten Wache eine Keycard zu klauen? Konnte er sich wirklich unauffällig zwischen die Kellner mischen, ohne aufzufallen? Nicht zu vergessen, dass das wieder nur ein kleiner Teil des Gesamtplans war, in dem noch so viel mehr schiefgehen konnte …

Als er das Nichtstun nicht mehr aushielt, packte er wieder die Kiste, stemmte mit einem Fuß die Tür auf und trat hinaus in den lauen Sommerabend.

DIE SPENDENGALA

Die Kingston Towers erhoben sich auf der anderen Seite der breiten Straße. Die unteren Stockwerke des rechten Turms waren für die Party hell erleuchtet. Der andere Turm lag komplett im Dunkeln.

Max spähte die Straße rauf und runter. Der Verkehr hatte sich beruhigt, man hörte dennoch das Summen und Brummen von Motoren, es kam nur von der anderen Seite der Türme, dort, wo sich der Haupteingang befinden musste und wo jetzt sicherlich jede Menge Limousinen vorfuhren, um die Reichen und Schönen zur Spendengala zu bringen. Irgendwo im Getümmel auf der anderen Seite, so stellte Max es sich vor, war gerade auch Piper und zeigte die gefälschte Einladung vor. Oder war sie vielleicht sogar schon drinnen, auf dem Weg zum VIP-Bereich?

Er konnte nicht länger trödeln. Mit einem kurzen Blick auf seine Mini-Map machte er den genauen Standpunkt des Hintereingangs aus, sprintete, so gut es mit der Kiste ging, über die fast leere Straße und in eine Seitengasse, die zwischen den Kingston Towers und einem benachbarten Glasbau lag.

Hier stand bereits ein Lieferwagen mit dem »Frische-Express«-Logo der Catering-Firma, die für die Gala bestellt worden war, im blassen Licht einer Laterne. Einige Kellner, allesamt gekleidet wie Max selbst, schleppten gerade Kisten zwischen dem Lieferwagen und einer offen stehenden Tür hin und her.

Max zögerte nur kurz, wartete den richtigen Zeitpunkt ab, und als der letzte Kellner in der Tür verschwand, folgte er ihm mit kurzem Abstand.

Er trat von der Gasse aus direkt in eine Großküche und war sofort überwältigt vom hektischen Treiben. Die Hitze von mehreren Herden und Öfen schlug ihm entgegen. Gut ein Dutzend Köche und Köchinnen war damit beschäftigt, in Töpfen zu rühren, Pfannen zu schwenken oder Soßen abzuschmecken. Überall wurden Anweisungen gerufen und bestätigt. An den freien Arbeitsflächen schälten und schnitten Küchenhilfen Gemüse oder richteten Teller mit Häppchen und Schnittchen an. Hinten, an einem Tisch gleich neben einer Doppeltür, die vermutlich hinaus zum Saal und zu den Gästen führte, schenkten Kellner Getränke in Gläser, bevor andere sie geschickt auf einem Tablett balancierend wegtrugen.

Jemand prallte von hinten in Max rein, worauf dieser ein Stück nach vorne stolperte. Fast wäre ihm die Kiste aus den Händen gerutscht, doch er konnte sie gerade noch so halten.

»Steh hier nicht einfach so rum«, schnauzte ihn eine Frau an, die ihn wahrscheinlich nicht gesehen hatte, weil sie zwei große Tüten voller Baguettes vor sich trug.

»Sorry«, murmelte Max und bewegte sich weiter, durch die Küche hindurch, vorbei an brodelnden Töpfen und einer jungen Gehilfin, die mit einem Spritzbeutel Sahne kleine Törtchen verzierte. Er hätte sich gerne eins dieser süßen Kunstwerke geschnappt, hatte aber Wichtigeres zu tun. Er musste einen Ort finden, wo er seine Fracht unauffällig abstellen konnte.

Als er einen kleinen Lagerraum auf der anderen Seite des Raums erspähte, huschte er hinein und versteckte seine Kiste in der hintersten Ecke. Ein grün leuchtendes Schild am Ende des Raums zeigte einen weiteren Ausgang an, der, so vergewisserte sich Max, zu einem leeren Gang und tiefer in das Gebäude hineinführte. Perfekt! Von hier aus konnten Piper und er sich auf den Weg zum Aufzug machen, sobald sie die Keycard hatten.

Er ging wieder in die Küche und sah sich ein wenig ratlos um. Ein Blick auf sein Handy sagte ihm, dass Piper erst in etwa fünfzehn Minuten hier auftauchen würde. Bis dahin musste er sich so unauffällig wie möglich verhalten. Also half er mit, die letzten Boxen aus dem Lieferwagen zu transportieren, und stellte sie so ab, dass sie seine eigene noch besser verdeckten. Danach half er, die Gläser zu füllen, wobei ihm der Oberkellner sehr unmissverständlich klarmachte, dass er viel zu viel Wein hineinschüttete.

»Machst du das heute zum ersten Mal?«, blaffte er mit in die Hüften gestemmten Händen und schüttelte missbilligend den Kopf.

Max entschuldigte sich in einer Tour. Ständig stand er im Weg oder stellte sich ungeschickt an. Lange würde das nicht mehr gut gehen. Immer, wenn die Doppeltür aufschwang, ruckte sein Kopf herum, weil es Piper sein konnte, doch er hörte nur kurz das Stimmengewirr von Hunderten Gästen, ehe die Tür wieder zufiel. Hinter ihm riefen sich die Köche und Köchinnen gegenseitig Bestellungen zu. Neue Flaschen wurden aus Kühlschränken oder dem Weinregal geholt. Häppchen wurden auf Teller gestapelt.

Max checkte wieder die Uhrzeit. Dreißig Minuten waren vergangen, aber noch keine Spur von Piper. Er versuchte, durch das runde Fenster der Doppeltür einen Blick auf das Innere des Festsaals zu erhaschen, aber er konnte das rote Kleid nirgendwo sehen. Nur viele elegant gekleidete Menschen, gigantische Kronleuchter und herumhuschende Kellnerinnen und Kellner.

War etwas passiert? Hatte man Piper erwischt? Oder schaffte sie es nicht, die Karte zu stehlen?

Ein letztes Mal sah er auf die Uhr, dann schnappte er sich ein Tablett voller Gläser und balancierte es testweise auf seinen Fingerspitzen, wie er es bei den anderen gesehen hatte, erkannte aber sofort, dass er damit keine zwei Meter weit kommen würde. Deswegen vergewisserte er sich schnell, dass niemand hinsah, und stellte alle Gläser bis auf zwei zur Seite. So ging es leichter. Jetzt musste er nur noch Piper finden und ihr aus der Patsche helfen, wenn nötig.

Er drückte die Doppeltür auf und trat hinaus in den Saal.

Die Gäste saßen in ihren schicken Kleidern und Anzügen an fein gedeckten Tischen oder standen in kleinen Trauben beieinander und unterhielten sich angeregt. Im hinteren Viertel des Saals war eine Bühne aufgebaut worden, auf der ein Rednerpult stand. Dahinter hing eine große Leinwand. Später würde sicher Junior höchstpersönlich hier eine Rede halten, um all den Spenderinnen und Spendern zu danken. Max verdrehte die Augen.

Vorsichtig kämpfte er sich durch die Menge. Er hatte es bald aufgegeben, das Tablett professionell nur auf einer Hand balancieren zu wollen, weil immer wieder Gäste versuchten, ihre leeren Gläser darauf abzustellen und nach einem der beiden verbleibenden vollen Gläser zu greifen. Unglaublich, wie viele Leute hier waren. Sie alle hatten mindestens eine Million Dollar gespendet. Vermutlich waren die meisten Gäste ehrliche Leute, die wirklich etwas für einen guten Zweck tun wollten und keine Ahnung hatten, dass auch ein paar Gangster mitmischten.

Langsam drehte er sich im Kreis und spähte auf der Suche nach dem roten Kleid zwischen den Leuten umher.

Da! Endlich entdeckte er den Eingang zum VIP-Bereich im hinteren Teil des Saals, gleich neben der Bühne. Ein leuchtendes Schild, auf dem die Buchstaben »VIP« blinkten, hing über einem Durchgang, der durch einen Vorhang verdeckt wurde. Davor stand ein kräftiger Typ mit einem Klemmbrett, der wohl dafür sorgen musste, dass nur die richtigen Leute reinkamen, und daneben – Piper!

Max ging, so schnell er konnte, ohne zu auffällig zu wirken, zwischen den Gästen hindurch. Als er näher kam, erkannte er, dass Piper ihre Arme verschränkt hatte und immer wieder ungeduldig in die Menge blickte. Wurde sie etwa von der Wache festgehalten, war sie erwischt worden?

»Aber mein Kumpel meint, dass getönte Scheiben den Look des Wagens total abrunden würden«, sagte der Security gerade, als Max ankam.

»Äh, ja, bestimmt«, antwortete Piper und nickte halbherzig. Sie sah wieder Hilfe suchend in die Menge, und als sie Max endlich erspähte, weiteten sich ihre Augen.

Beinahe hätte Max laut aufgelacht vor Erleichterung. Sie war nicht geschnappt worden, sie hing nur in einer Unterhaltung mit dem Mann von der Security fest!

Piper ließ die Keycard, die sie offenbar längst gestohlen hatte, kurz unter ihren verschränkten Armen aufblitzen, damit Max sie sehen konnte, und warf ihm einen flehenden Blick zu. Sie konnte die Unterhaltung wohl nicht verlassen, ohne dass der Typ Verdacht schöpfte. Der redete weiter auf sie ein, ohne zu bemerken, dass sie ihm überhaupt nicht zuhörte.

Max musste ihn irgendwie ablenken. Er sah hinab auf sein Tablett, auf dem noch immer die zwei vollen Gläser standen, und wusste sofort, was zu tun war. Er rückte seine Schürze zurecht, setzte sein bestes Kellnerlächeln auf und ging auf Piper und den Wachmann zu.

»Dürfte ich Ihnen vielleicht ein Gla–«, fing er an, stolperte dann aber absichtlich über seine eigenen Füße und katapultierte das Tablett nach vorne, direkt auf Piper zu. Der Inhalt der noch vollen Gläser ergoss sich zielgenau über ihr rotes Ballkleid.

Der Wachmann presste sich verwirrt das Klemmbrett vor die Brust und wusste nicht recht, was er tun sollte. Kurz schien auch Piper zu überrascht, um zu reagieren. Max, der seinen Sturz gerade noch abgefangen hatte, schaute sie erwartungsvoll an. Sie kapierte nach einigen langen Sekunden.

»Unverschämtheit!«, schrie sie, so laut und schrill, dass einige Köpfe sich in der Menge nach ihr umdrehten. »Wie kannst du armseliger Kellner es wagen!«

»Es tut mir außerordentlich leid!«, stammelte Max schuldbewusst. Eine schauspielerische Meisterleistung, wie er fand.

»Eine Entschuldigung rettet mein teures Kleid nicht!«, zischte Piper, die ebenfalls alles für die Rolle der arroganten Millionärin gab. »Die Reinigung wirst du bezahlen!«

Max trat an sie heran, zog sie freundlich, aber bestimmt von dem Security-Mitarbeiter weg. »Natürlich, natürlich«, stotterte er. »Wenn Sie kurz mit mir kommen könnten ...«

Gemeinsam gingen sie durch die Menge hindurch zurück zur Doppeltür. Der Typ mit dem Klemmbrett war sprachlos hinter ihnen zurückgeblieben, konnte seinen Posten natürlich nicht verlassen. Piper schimpfte den ganzen Weg über weiter, hatte wohl richtig Spaß daran, und Max unterdrückte nur mit Mühe ein Grinsen.

Als sie zurück in die Großküche traten, beäugten die anderen Piper irritiert, aber als Max die Situation erklärte und Piper noch einige besonders kreative Beschimpfungen ausstieß, wanderten die Blicke ganz schnell wieder woandershin. Niemand wollte gerade in Max' Haut stecken oder irgendwie in diese Sache reingezogen werden. Daher taten sie lieber besonders beschäftigt. Jetzt war es ein Leichtes, Piper hinter sich her in den Lagerraum zu ziehen, doch erst als die Tür ins Schloss fiel, atmeten beide erleichtert auf.

»Ich wollte den Wachmann nur mit einem Gespräch ablenken, damit ich die Karte klauen kann«, erklärte Piper flüsternd, während Max schon den Rucksack unter den Kartoffeln hervorholte. »Kann ja keiner ahnen, dass der mich einfach volllabert.«

Max lachte leise. »Taylor wird mir die Ohren langziehen, weil ich sein Kleid ruiniert habe.«

Sie grinste ihn an. »Apropos Ohren«, sagte sie. »Wir brauchen die Headsets, um den anderen ein Zeichen zu geben.«

Max wühlte schnell die beiden schwarzen Ohrstecker aus einer der vorderen Taschen heraus und reichte Piper einen davon. Die aktivierte den kleinen Kopfhörer, indem sie draufdrückte. Ein rotes Lämpchen begann zu leuchten. Max machte es ihr nach und steckte sich sein Gerät dann ins rechte Ohr.

»Zee, wir gehen jetzt rein«, flüsterte Piper, und Max konnte die Antwort der Hackerin in seinem Ohr hören.

»Alles klar«, rauschte es in seinem Gehörgang, und er meinte, wieder das Klappern von Zees Armbändern zu hören, während sie wahrscheinlich etwas in den Laptop eintippte. »Kameras in der Halle und den Aufzügen sind off. Viel Spaß!«

Er bewunderte Zee für ihre Gelassenheit. Nach so richtig viel Spaß klangen ihre nächsten Schritte für ihn nämlich nicht. Aber er wollte sich Piper gegenüber nichts anmerken lassen. Deswegen setzte er ein entschlossenes Lächeln auf.

»Dann wollen wir mal.«

HOCH HINAUS

Im Flur hinter dem Lagerraum herrschte gespenstische Stille. Im schummrigen Licht der Nachtbeleuchtung huschten sie an mehreren Türen vorbei, weiter ins Innere des Gebäudes.

Piper fand den Aufzug problemlos. Die Blaupausen, die sie für die Planung genutzt hatte, waren also offensichtlich aktuell und vollständig. Wachen standen hier keine, immerhin gab es auch nicht viel zu holen. Die meisten Räume in diesem Stockwerk waren Büros, und selbst wenn sich ein Gast hierher verirren sollte, kam er ohne Keycard nicht weit.

Max und Piper hatten dieses Problem nicht. Sie mussten die Karte nur einmal kurz vor den Scanner halten, und schon hörten sie das Surren des Aufzugs, der aus einem der oberen Stockwerke herabfuhr und schließlich mit einem leisen »Pling« die Türen für sie öffnete.

Max trat sofort in die Kabine, Piper jedoch zögerte. Er sah sie fragend an. Sie wirkte wie angewurzelt, schluckte hörbar.

»Komm schon!«, zischte er und wedelte mit der Hand, damit sie sich beeilte.

Piper nahm noch einen tiefen Atemzug, dann machte sie einen großen Schritt zu ihm in den Lift hinein. Hatte sie etwas gehört? War ihr plötzlich etwas eingefallen, was den Plan zu Fall bringen konnte?

Verunsichert drückte Max den Knopf für das oberste Stockwerk – Etage 52, wie sie es besprochen hatten –, und der Lift setzte sich in Bewegung. Das konnte eine längere Fahrt werden. Er sah rüber zu Piper, die weiterhin starr geradeaus blickte. War ihr Gesicht blasser geworden?

»Alles okay?«, fragte er vorsichtig.

»Mmh«, machte sie mit zusammengepressten Lippen.

Er runzelte die Stirn. »Magst du keine Aufzü–«, setzte er an, da erschütterte ein Ruckeln die Kabine, nur kurz, wie es in den meisten Aufzügen eben manchmal passierte.

Piper schrie auf, presste sofort die Hände auf den Mund, um den Schrei zu unterdrücken, und drückte sich panisch in die Ecke der Kabine. Sie war jetzt leichenblass und hatte die Augen weit aufgerissen.

»Was ist los?«, drang Zees Stimme durch sein Ohr direkt in seinen Kopf. Sie klang alarmiert.

»Ist … schon gut …«, keuchte Piper. Ihre Augen zuckten hektisch hin und her. »Geht gleich … vorbei.« Sie sog panisch Luft ein, verschluckte sich jedoch immer wieder an ihr.

Vorsichtig trat Max an sie heran, wagte aber nicht, eine Hand nach ihr auszustrecken. »Was ist mit ihr, Zee?«

Aber die Hackerin antwortete nicht ihm, sondern wandte sich direkt an Piper.

»Atme ruhig ein und aus«, beschwor sie die Anführerin der Gearheads. »Du schaffst das. Du musst das schaffen.«

Max zog sich der Magen zusammen. Es hatte beim Drift Match einige Situationen gegeben, in denen Piper nervös geworden war oder sich erschrocken hatte, doch das hier war anders. Sie hatte Angst – und Angst hatte er bei ihr noch nie gesehen. Weder als die Kingston Riders ihre Garage angegriffen hatten, noch als sie mit dem Lambo über die Rampe aufs Rollfeld geflogen waren. Anspannung, Zweifel, Besorgnis, ja. Aber keine Angst. Verzweifelt sah er sich nach einer Lösung um, suchte nach Worten, die sie beruhigen konnten. Die Etagenanzeige kroch quälend langsam nach oben. Stockwerk 15. 16. 17.

Piper sank langsam auf den Boden der Kabine, Tränen traten ihr in die Augen. Sie sah flehend zu Max hinauf, als könnte er ihr helfen, als könnte er ihre Angst einfach wegwischen.

Für ihn setzte sich langsam ein Puzzle zusammen. Ihre seltsame Reaktion, als sie im Hauptquartier über den Aufzug als Teil ihres Plans gesprochen hatte. Dass sie zuvor in der Tiefgarage die Treppe genommen hatte. Ihr Zögern gerade eben. Offenbar hatte Piper absolute Panik vor engen Räumen, aber für den ultimativen Plan, die einmalige Chance, die Gearheads endlich von den Kingston Riders zu befreien, war sie offenbar bereit gewesen, das über sich ergehen zu lassen.

Stockwerk 25. 26. 27. Sie kamen nur schleppend voran. Zee redete noch immer beruhigend auf Piper ein, aber die klammerte sich nach wie vor an ihre Knie, starrte stur nach vorne und hustete immer wieder, weil ihr das Atmen so schwerfiel.

Waren die Verträge es wert, dass sie so litt? Gab es keine andere Lösung? Max kam sich furchtbar hilflos vor, weil er nicht wusste, wie er Piper beistehen konnte oder was er sagen sollte. Wenn sie doch nur anders nach oben kommen könnten …

»Zee!« Er hatte eine Idee. »Was ist mit dem Treppenhaus?«

Wieder kurzes Klappern, dann ein unzufriedenes Grunzen. »Keine Chance«, sagte die Hackerin entschieden. »Ich komme so schnell nicht an die anderen Cams.«

Max unterdrückte ein Fluchen. Zee hatte nur die Systeme manipuliert, die sie auf ihrer Strecke brauchen würden, was letztlich auch Sinn ergab. Je mehr sie herumspielte, desto eher konnte es auffallen. Also führte der einzige Weg nach oben über die Aufzugschächte.

Die Aufzugschächte, natürlich! Das war die Lösung!

Er sprang auf, sah zu der goldenen Leiste mit Knöpfen, über die man die Etage auswählen konnte, und entdeckte dann, was er gesucht hatte: einen roten Knopf, auf dem dick »STOP« geschrieben stand. Er drückte ihn kräftig.

Mit einem Ruck hielt der Aufzug an. Piper schrie wieder auf, zog die Beine noch enger an den Körper. Schnell hockte sich Max neben sie und legte ihr sanft die Hand auf die Schulter.

»Komm«, sagte er bemüht locker. »Wir hauen hier ab.«

So nah an ihr dran konnte er spüren, wie sehr sie zitterte. Aber sie sah langsam auf, ihre Augen glasig und weit aufgerissen.

»Äh …«, schaltete sich Zee noch einmal ein. »Was habt ihr vor?«

Max ignorierte ihre Stimme in seinem Ohr und deutete für Piper nach oben zur Decke des Aufzugs, wo der rechteckige Umriss einer Klappe zu sehen war. Er hatte schon viele Filme und Videospiele gesehen, in denen Leute, die im Fahrstuhl eingesperrt waren, darüber entkommen konnten.

Die Idee war offenbar verrückt genug, um Piper aus ihrer Starre zu holen. Sie nickte langsam und ließ sich von Max auf die Beine helfen.

»Leute?« Wieder Zees Stimme, dieses Mal drängender.

»Wir nehmen den Schacht«, erklärte Max knapp und verschränkte die Finger ineinander. Dann bückte er sich ein Stück runter, um für Piper eine Räuberleiter zu machen. Deren Blick klebte geradezu an der Klappe. Sie konnte es wohl kaum erwarten, sie zu erreichen.

»Ihr habt 'nen Knall, Leute«, kommentierte Zee ihr Vorhaben. »Aber gut. Nur beeilt euch. Der Nothalt des Aufzugs wurde direkt an die Sicherheitsfirma gemeldet. Wenn ihr nicht schnell seid, bekommt ihr Besuch.«

Das ließ sich Piper nicht zweimal sagen. Sie streifte ihre Absatzschuhe ab, klemmte sich die Riemen zwischen die Zähne, stützte sich dann auf Max' Schulter, setzte ihren Fuß in seine bereitgestellten Hände und stieß sich nach oben hin ab. Max stemmte sie höher und hielt sie dort. Wegen des Rocks, der um sein Gesicht flatterte, konnte er gerade so erkennen, wie sie einen einfachen Metallstift zur Seite schob und die Klappe nach oben hin aufwarf.

Sofort rauschte kalte, abgestandene Luft in die Kabine, und Piper seufzte glücklich, als wäre es der frischeste Duft der Welt. Sie stieg mit einem Bein auf Max' Schulter, zog das andere nach und hievte sich durch die Öffnung nach draußen.

Oben angekommen, drehte sie sich um, beugte sich weit vor und hielt Max durch die Öffnung hindurch ihre Hand hin. Der nahm sie dankbar entgegen, stellte einen Fuß auf den Handlauf, nutzte die Wand der Kabine, um sich abzustoßen, und kletterte so schließlich ebenfalls auf das Dach des Aufzugs.

Außerhalb der Kabine verschlossen sie die Klappe wieder, um keine Spuren für die Techniker zu hinterlassen, die sicherlich bald nachsehen würden, was mit dem Fahrstuhl nicht stimmte. Wenn sie ihn leer vorfanden, schwirrten sie hoffentlich einfach wieder ab.

Kurz saßen sie beide nur sprachlos da und atmeten heftig. Das Licht hier war schummrig, es drang nur durch die Ritzen der Klappe und die schmalen Spalten der Aufzugtür in den Schacht hinein. Aber Max brauchte kein Licht, um zu bemerken, dass sich Pipers Atmung langsam beruhigte.

Der Schacht war breit und dunkel. Hier hatten vier Fahrstühle quadratisch angeordnet Platz. An der Schachtwand, die sich nach oben hin in Schwärze verlor, waren Leitersprossen befestigt. Das war ihr Weg nach oben.

Max sah zu Piper, die mit geschlossenen Augen die staubige Luft einsog, als wäre sie das Beste, was sie je atmen durfte. Schließlich blinzelte sie einige Male und erwiderte dann seinen Blick mit einem traurigen Halblächeln.

»Danke«, sagte sie leise. »Ich dachte echt, das war's jetzt mit mir.«

»Seit wann hast du Angst vor engen Räumen?«, fragte Max vorsichtig. Klar waren sie unter Zeitdruck, aber sie mussten beide jetzt erst mal runterkommen.

»Es sind vor allem Aufzüge«, gestand Piper mit belegter Stimme. »Als Kind war ich mal in einem eingesperrt. Ich hatte mit Junior in einer Industrieruine Verstecken gespielt und war in einen Lastenaufzug geklettert. Diese alten Dinger mit einem schweren Metalltor, das man selbst zuziehen musste.« Sie rieb sich mit den Händen über das Gesicht, wie um alte Erinnerungen zu vertreiben. »Aber das Tor hatte sich verkeilt, und ich bekam es nicht wieder auf. Junior fand mich nicht und lief nach Hause. Weil wir in den Hallen nichts zu suchen hatten, erzählte er auch niemandem davon. Erst am nächsten Tag kamen unsere Väter und befreiten mich. Ich hatte gehofft, dass es nicht mehr so schlimm ist, aber … na ja, du hast es ja selbst gesehen.«

Es bereitete ihr sichtliches Unbehagen, dass Max sie so erlebte. Sie war sonst so stark und cool, als könnte sie nichts aus der Ruhe bringen. Max fragte sich, ob sie auch das manchmal nur spielte. Konnte man von einer einzigen Person überhaupt erwarten, dass sie das

Schicksal einer ganzen Gang auf den Schultern trug, ohne manchmal einzuknicken?

»Du hast nichts gesagt, weil du nicht wolltest, dass die anderen von deiner Schwäche wissen, oder?«, fragte er.

Sie nickte langsam. »Sie verlassen sich auf mich«, erklärte sie. »Wenn ich es nicht mache, wer dann?«

Max schüttelte den Kopf. »Du musst nicht alles alleine schaffen.«

»Genau!« Das Rauschen in seinem Ohr erschreckte ihn, er hatte ganz vergessen, dass Zee auch noch da war und alles mitanhören konnte.

»Dafür hat man doch Freunde und Familie!«, gesellte sich nun auch Taylors Stimme dazu. Es klang, als würde er in Zees Headset brüllen, so laut war er. »Damit sie einem beistehen, auch wenn es mal richtig krass wird.«

Piper wischte sich verstohlen eine Träne von der Wange. »Ihr habt recht.« Sie lächelte. »Ich hätte sofort sagen sollen, dass ich in keinen Aufzug steigen kann.«

»Ich hätte dir eine Drohne programmiert, die dich die Fassade des Towers hochfliegt!«, versicherte Zee.

Piper prustete los. »Das will ich sehen! Aber zuerst …« Sie legte den Kopf in den Nacken und zeigte nach oben in den dunklen Schacht. »… steht uns eine lange Kletterpartie bevor.«

DER KINGSTON-TOWER-ÜBERFALL

Der Aufstieg war lang und anstrengend, und das, obwohl Max hier im Spiel eine schier unendliche Ausdauer besaß. Zum Glück war es im Aufzugschacht so düster, dass er wenigstens nicht genau erkennen konnte, wie weit es nach unten ging. Einmal wäre er fast mit seinen Turnschuhen auf der glatten Leitersprosse abgerutscht, konnte sich aber noch mit den Händen festhalten.

Piper kletterte unter ihm. Die hochhackigen Schuhe hatte sie noch auf der Kabine des Aufzugs gegen die schweren Stiefel aus dem Rucksack getauscht und zusammen mit den Handschuhen in die Tiefe segeln lassen. Den unteren Teil ihres Kleids hingegen, der sich sehr zu Max' Verwunderung sauber abtrennen ließ, hatte sie zusammengefaltet und in den Rucksack gesteckt. Darunter trug sie eine schlichte, knielange dunkle Hose, in der sie sich sofort sichtbar wohler fühlte. Verständlich, fand Max. Schon seine Kellnerschürze hatte ihn so sehr gestört, dass er sie nach wenigen Sprossen aufknoten und ebenfalls in den Schacht schmeißen musste. Die Techniker bei der Wartung würden sich bestimmt wundern, wenn sie irgendwann die Klamotten auf dem Boden fanden.

Max hatte nach einer Weile aufgehört, die schwach leuchtenden Umrisse in der Wand zu zählen, wann immer sie an einem Ausgang zu einem neuen Stockwerk vorbeikamen. In regelmäßigen Abständen reihten sie sich über ihnen auf. Die letzte Tür zu finden dürfte also kein Problem sein.

»Hast du noch genug Kraft?«, flüsterte er nach unten zu Piper, als er spürte, dass seine Arme langsam zu zittern begannen. Im Spiel hatte er mehr Ausdauer als im echten Leben, aber trotzdem nicht unendlich viel.

»Wieso, brauchst du etwa eine Pause?«, zischelte Piper spöttisch zurück, aber Max meinte, auch aus ihrer Stimme die Anstrengung herauszuhören.

Schweigend setzten sie ihren Aufstieg fort, nur begleitet von Zees Stimme in ihrem Kopf, die entspannt mit Taylor drüber plauderte, ob Tacos oder Burger das bessere Fast Food waren.

Als sie sich endlich dem Ende der Leiter näherten, war Max nassgeschwitzt. Nachdem er schon die Schürze losgeworden war, hatte er sich irgendwann auch die ätzend enge Fliege vom Hals gerissen. Jetzt klebte das steife Hemd unangenehm an seiner Haut. Wenn er doch wenigstens sein T-Shirt mit in den Rucksack gesteckt hätte!

Ein blasser Lichtschein fiel durch den letzten Spalt in der Wand über ihm, auf der anderen Seite musste es also eine schwache Lichtquelle geben. Max klemmte ein Bein zwischen Wand und Sprosse ein, damit er sich auch ohne die Hilfe seiner Hände gut halten konnte, und tastete dann mit den Fingern am Spalt entlang, versuchte, in eine Ritze zu kommen, um die beiden Türen des Fahrstuhls aufzuziehen. So hatte er es schon in vielen Filmen gesehen, vielleicht funktionierte es also auch hier.

»Was ist?«, fragte Piper unter ihm, vermutlich konnte sie nicht genau sehen, was er machte.

Keine Chance. Der Spalt war nicht mal breit genug, um mehr als seine Fingerspitzen reinzuschieben, geschweige denn um die Schiebetüren gewaltsam aufzustemmen. Er seufzte und griff wieder nach der Leiter.

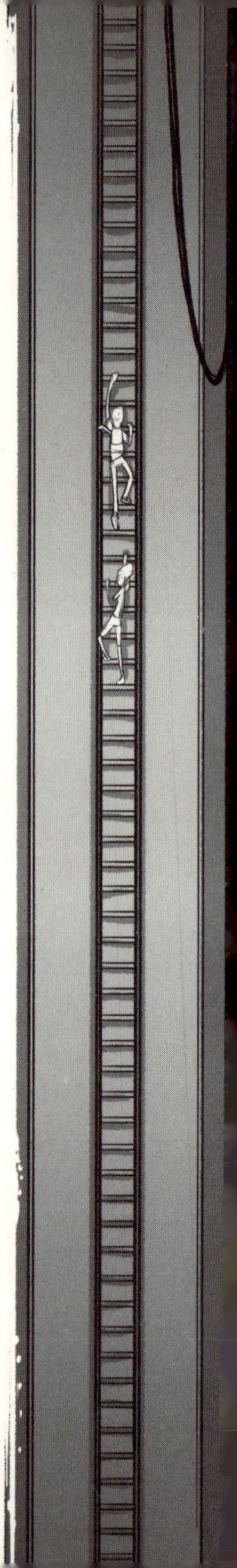

»Ich kriege die Tür nicht auf«, gab er resigniert zu. »Ich fürchte, äh, wir hängen hier fest?«

»Hast du als Kellner nicht immer so ein Taschenmesser dabei?«, fragte Piper. »Um Flaschen zu öffnen und so?«

»Ich *bin* aber kein Kellner«, erinnerte Max sie.

»Ach ja. Hm.« Ein paar Sekunden lang kam keine Antwort von Piper, sie schien angestrengt nachzudenken.

»Kann ich euch helfen?«, bot Zee an, die es erstaunlicherweise neben ihrer mittlerweile recht hitzigen Fast-Food-Debatte mit Taylor noch geschafft hatte, ihnen zuzuhören.

Max schlug sich eine Hand gegen die Stirn. Natürlich! »Zee, kannst du die Aufzugtür im obersten Stockwerk öffnen?«

Während er im Hintergrund hörte, wie Taylor alles aufzählte, was man in einen Taco füllen konnte – sein Argument gegen Burger –, klapperte Zee schweigend auf der Tastatur. Erwartungsvoll schaute Max rauf zum Spalt. Und tatsächlich! Mit einem leisen Klacken öffneten sich die beiden Hälften der Tür und gaben den Blick in einen grauen Flur frei. Erleichtert atmete Max auf.

»Danke, Zee«, sagte Piper.

»Kein Ding«, antwortete die Hackerin und widmete sich gleich wieder Taylor, dem sie erklärte, dass Burger um einiges leichter zu essen waren als Tacos.

Max schüttelte grinsend den Kopf und umfasste mit den Händen die Türkante, um sich raufzuziehen und durch die Öffnung zu hieven. Als Pipers Kopf erschien, half er ihr mit einem letzten Ruck aus dem Schacht und schüttelte einen Moment lang die schmerzenden Arme aus. Sie hatten es wirklich geschafft!

Der Gang vor ihnen war verlassen und still. Auf Hochglanz polierter Marmor bildete den Boden, die Wände und die Decke. Das blasse Licht, das Max zuvor gesehen hatte, war tatsächlich nur von einem Notausgangschild gekommen, das sich in den glatten Steinplatten spiegelte. Die eigentlichen Neonlampen waren nicht angeschaltet.

Laut Wachplan lag dieser Teil des Gebäudes um diese Uhrzeit nicht auf der Route der Nachtwächter, und Zee hatte im Vorfeld wie besprochen die Kameras manipuliert. Trotzdem huschten Max und Piper geduckt den Flur entlang, bis sie in einen großen Konferenzraum kamen, der genauso aussah, wie man ihn aus Serien kannte. Ein langer schwarzer Tisch in der Mitte, auf dem einige Getränkeflaschen und leere Gläser standen. Drum herum viele Stühle, deren Lehnen aus Metall waren. An der Stirnseite des Raums hing eine große Leinwand. Riesige Fenster, die bis zum Boden reichten, nahmen zwei der Außenwände ein, die Aussicht wurde jedoch von Jalousien verborgen.

»Wir sind jetzt im Konferenzsaal im 52. Stockwerk«, sagte Piper zu Zee ins Headset. »Wie sieht es mit den Fenstern aus?«

»Gib mir eine Minute«, kam es von der anderen Seite.

Max setzte den Rucksack ab und holte ihre Ausrüstung hervor. Ein zusammengerolltes Seil, ein Enterhaken, der Max an Piratenfilme erinnerte, und etwas, das wie eine kleine Armbrust aussah.

»Okay«, meldete sich Zee aus dem Headset. »Macht euch bereit.«

Mit einem leisen Rattern sprangen die elektrischen Jalousien an und schoben sich langsam zu den Seiten hin auf. Dahinter entriegelten sich hörbar die Fenster, die man in dieser Höhe natürlich nicht einfach so öffnen konnte. Außer man war eine Hackerin.

Piper zögerte nicht, trat an das entriegelte Fenster und zog es auf. Sofort strömte kühle Luft in den Raum und ließ die Vorhänge flattern. So weit oben jaulte und fauchte der Wind, verschluckte die entfernten Geräusche der Stadt, das Hupen, die Motoren und Sirenen fast vollständig.

Nicht nur wegen des kalten Windes stellten sich die Haare auf Max' Armen jetzt auf. Der Blick aus dem Fenster zeigte ihm fast ausschließlich den anderen Turm, bedrohlich schwarz und erstaunlich nah. Warum wurde ihm jetzt erst bewusst, wie absolut verrückt die Idee war, in fast 200 Metern Höhe zwischen zwei Wolkenkratzern rumzuklettern? Wahrscheinlich weil alles, was er an diesem Tag erlebt hatte, absolut verrückt war. Eine halsbrecherische Aktion mehr oder weniger machte da gar keinen Unterschied mehr.

Piper allerdings schien überhaupt keine Bedenken zu haben. So sehr ihr Aufzüge auch zu schaffen machten, Höhe stellte offensichtlich kein Problem dar. Sie stand mitten in dem offenen Fenster und montierte gerade den Enterhaken, den sie am Seil befestigt hatte, auf die Armbrust. Damit würde sie den Haken gleich auf die andere Seite schießen. Dort gab es, das hatten sie auf den Blaupausen gesehen, verschiedene Ankerpunkte, die Fensterputzer nutzten, um ihre Gondeln an der Fassade des Gebäudes auf und ab zu bewegen. Das andere Ende des Seils hatte Piper bereits im Fensterrahmen knapp über ihrem Kopf verknotet.

Sie drehte sich zu Max um. »Kannst du mich kurz festhalten?«, fragte sie. Mit der Enterhakenarmbrust sah sie ziemlich cool aus, eben wie eine waschechte Geheimagentin.

Max nickte, ging langsam zu ihr und spürte dabei den Wind, der durch das offene Fenster drang. Vorsichtig legte er einen Arm um Pipers Hüfte, lehnte sich zurück und stemmte die Beine in den Teppichboden.

»Okay, kann losgehen«, sagte er und hoffte, dass sie die Nervosität in seiner Stimme nicht hörte.

Sie nickte, legte die Armbrust an, nutzte ihre Schulter, um sie stabil zu halten, und zielte auf einen Punkt über der Fensterreihe auf gleicher Höhe im anderen Turm. Ihr Finger schwebte über dem Abzug. Sie atmete langsam aus.

KLACK!

Der Enterhaken löste sich von der Sehne und sauste mit einem Pfeifen in hohem Bogen auf den anderen Turm zu, zog das Seil dabei hinter sich her. Er schlug dumpf gegen die Fassade auf der anderen Seite, und kurz schien es, als würde er haltlos in die Tiefe stürzen, aber dann verhakte er sich tatsächlich an irgendetwas, das Max in der Dunkelheit nicht richtig erkennen konnte, höchstwahrscheinlich der angepeilte Ankerpunkt.

»Treffer!«, stieß Piper aus. Jubeln drang von Zee und Taylor aus dem Headset. Max nickte anerkennend. Direkt beim ersten Schuss, nicht schlecht!

Er hielt Piper noch eine Weile fest, während sie probeweise an dem Seil zerrte, nur um sicherzugehen, dass es wirklich festhing. Als sie zufrieden war, zog sie das Ende auf ihrer Seite straff und sicherte es wieder mit einem zusätzlichen Knoten. So hatten sie eine Verbindung zwischen den beiden Türmen geschaffen.

»Wir klettern jetzt los«, teilte Piper den beiden Gearhead-Mitgliedern in der Tiefgarage mit, während sie die Armbrust zusammenklappte und in den Rucksack steckte.

»Fenster im anderen Turm sind entriegelt«, bestätigte Zee. »Seid vorsichtig.«

Piper sah mit einem aufgeregten Grinsen im Gesicht zu Max, als könnte sie es kaum erwarten, 200 Meter über dem Boden an einem Seil zu hängen. Das hier war wieder die alte Piper, die den Nervenkitzel mochte, die Lust auf Abenteuer hatte, aber die vor allen Dingen alles daransetzte, ihre Gang zu retten.

Max musste zugeben, ihre Energie war extrem ansteckend. Klar, das Herz schlug ihm bis zum Hals, so laut, dass es in seinen Ohren rauschte. Aber war das nicht genau der Grund, warum er Ultimate Car Drifters so gerne spielte? Er lebte doch für verrückte Stunts und absurde Missionen, die ihm ordentlich Adrenalin verschafften. Nur saß er diesmal eben nicht hinter seinem PC mit dem Controller in der Hand, sondern war mittendrin. Er war heute schon mit seinem Traumauto durch die Lüfte geflogen und heil wieder gelandet, dann konnte er sich jetzt auch an einem Seil von einem Wolkenkratzer zum anderen hangeln!

»Legen wir los!«, sagte er motiviert und zog sich den Rucksack über.

Piper ging voran. Sie stellte sich mit dem Rücken zum Abgrund, packte dann das Seil, das zwischen den beiden Türmen im Wind vibrierte, zog sich daran hoch, wickelte zusätzlich ihre Beine drum herum und hing schließlich wie ein Faultier in der Luft. Sofort begann sie, sich mit dem Kopf voran am Seil entlang auf die andere Seite zu ziehen, Stück für Stück, langsam, aber kraftvoll.

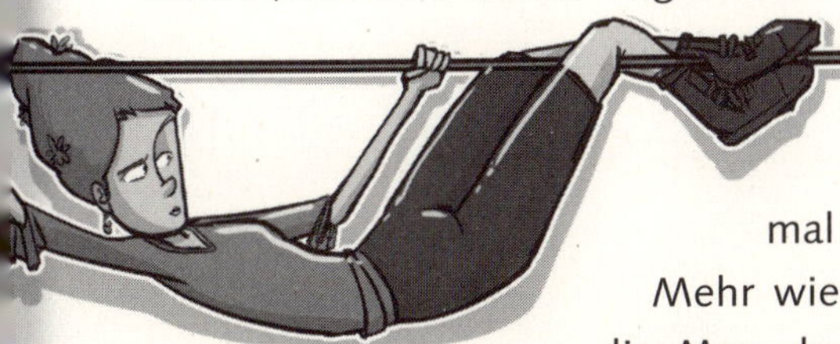

Es sah gar nicht mal so schwer aus. Mehr wie die Kletterpartien, die Max als Kind auf Spielplätzen absolviert hatte. Er trat ans Fenster, spürte, wie ihm der Wind durch die Haare fegte, und sah Piper hinterher. Der Abstand zwischen den Türmen war zum Glück nicht besonders groß, sie hatte es schon fast bis auf die andere Seite geschafft. Zuletzt löste sie ihre Beine vom Seil, richtete ihren Griff neu aus, um sich umdrehen zu können, und schwang dann sanft vor und zurück, um mit dem Fuß das entriegelte Fenster anzutippen und nach innen zu öffnen. Als sie es geschafft hatte, ließ sie sich elegant durch die Öffnung gleiten und verschwand in der Dunkelheit dahinter.

Jetzt war Max an der Reihe. Er machte einen Schritt nach vorn, und für einen klitzekleinen Moment schlichen sich Zweifel in seinen Kopf. Konnte es wirklich so einfach sein, in das Büro eines Gangsterbosses einzubrechen?

Doch er verscheuchte den Gedanken. Der Plan der Gearheads war wasserdicht. Sie hatten Jahre daran gearbeitet und an alles gedacht. Deswegen konnte sie niemand aufhalten.

Die Spitzen von Max' Schuhen ragten schon über den Fenstersims hinaus. Endlich wagte er einen Blick nach unten, das hatte er bisher vermieden, weil er dachte, dann würde er erst recht Angst kriegen. Aber nun stand er hier oben, und neben der schwarzen Glasfront des gegenüberliegenden Kingston Towers erstreckte sich ein Meer aus roten, weißen und gelben Lichtern, die Straßen und Häuserblocks nachmalten wie eine leuchtende Mini-Map. Und er merkte, dass er gar keine Angst vor der Höhe hatte, dafür war die Aussicht zu schön, der Abstand zum Boden zu groß und der Gedanke, zu fallen, zu unvorstellbar, sodass er nichts weiter spürte als die positive Aufregung, weil er gleich etwas total Krasses machen würde.

Auch er drehte sich jetzt um und packte das Seil. Es war kalt und rau unter seinen Händen und hatte ordentlich Spannung drauf, gab kaum unter seinem Gewicht nach. Mit Schwung zog er seine Beine hoch und umklammerte mit ihnen das Seil, so wie es Piper eben auch getan hatte. Er spürte jetzt den Wind, der ihn leicht umherschaukelte und pfeifend an ihm vorbeirauschte. Sein Griff wurde fester.

Langsam zog er sich vorwärts, spannte dabei seinen gesamten Körper an und starrte konzentriert auf seine Finger und auf den dunklen Himmel darüber. Arme strecken, zupacken, nachziehen. Strecken, zupacken, nachziehen. Überrascht stellte er fest, wie leicht es ihm fiel. Hoffentlich gewöhnte er sich nicht zu sehr daran, dass er hier in dieser Welt alle Skills seines Charakters übernommen hatte, also nicht nur seine Ausdauer und sein Fahrgeschick, sondern auch seine Stärke. Wenn er wieder zurück in der echten Welt war, würde er diese Fähigkeiten vermissen.

Er sah hinauf zum Dach des Kingston Towers, aber konnte von hier aus natürlich nicht allzu viel erkennen. Er wusste jedoch, dass sich dort der Kristall befand. Sein Weg nach Hause.

»Max?«, rief ihm Piper gedämpft zu. Sie stand erwartungsvoll im Fenster. Er bemerkte erst jetzt, dass er aufgehört hatte, am Seil entlangzurobben.

»Alles gut«, gab er zurück und zog sich weiter vorwärts. Als er der anderen Seite nah genug gekommen war, entknotete auch er die Beine vom Seil, drehte sich zu Piper um und schwang sich durch das bodentiefe Fenster zu ihr in den Raum hinein. Er sah einmal kurz zurück zum Seil und schüttelte nur grinsend den Kopf darüber, dass er das gerade wirklich durchgezogen hatte.

Piper klopfte ihm stolz auf die Schulter. »Ich dachte schon, du beichtest mir auf halber Strecke, dass du unglaubliche Höhenangst hast«, feixte sie.

»Mitten auf dem Seil, wenn es schon zu spät ist?«, fragte Max lächelnd. »Wer würde denn so was machen?«

Sie boxte ihm spielerisch gegen den Arm und unterdrückte mühsam ein Lachen.

»Ich unterbreche ja nur ungern«, drang Taylors Stimme aus dem Headset. »Aber ihr solltet weiter zum Büro, wir haben nicht ewig Zeit.«

»Ihr müsstet in einem Konferenzraum sein«, ergänzte Zee. »So wie der im anderen Turm.« Vermutlich hatte sie den Bauplan des Gebäudes gerade auf ihrem Laptop geöffnet. »Er grenzt direkt an Juniors Bü–«

Aber Piper unterbrach sie jäh. »Ich glaube, wir sind schon drin«, sagte sie erstaunt.

Auch Max sah sich jetzt überrascht um und registrierte erstmals die Umgebung. Bisher war er viel zu aufgekratzt gewesen. Eine Hochhausschlucht überquerte man ja nicht alle Tage! Aber tatsächlich, das war kein Konferenzraum. Es war ein riesiges Loft mit Fenstern zu drei Seiten hin. Es musste einen Großteil des Stockwerks einnehmen.

»Euer Bauplan scheint nicht mehr ganz aktuell zu sein«, bemerkte er staunend. »Der gute Junior hat sein Büro vergrößert.«

Und wie er sich hier so umsah, verstand er auch, wieso. Junior brauchte den Platz für all seinen Kram. Hinten durch, auf der anderen Seite des Raums, mit der gegenüberliegenden Fensterfront im Rücken, stand ein altmodischer Schreibtisch aus schwerem, dunklem Holz. Vermutlich hatte er mal Kingston Senior gehört. Jetzt war er das einzige Relikt einer Zeit, in der hier noch ein halbwegs ehrlicher Mann gearbeitet hatte. Der Rest des »Büros« war mit allerlei Schnickschnack gefüllt, der überhaupt nichts mit einem Arbeitszimmer zu tun hatte.

Mittig zum Beispiel standen gleich zwei Billardtische zwischen zwei gigantischen Stützpfeilern, für den Fall, dass Junior zwei Partien gleichzeitig spielen wollte. An der Wand rechts erstreckte sich eine meterlange Bar, gut gefüllt mit diversen Getränken, frischen Früchten, Sirupflaschen und bunten Strohhalmen. Der Bar gegenüber stand eine Sitzgruppe aus furchtbar unbequem aussehenden Sofas und Sesseln in nicht zusammenpassenden Farben. Überall im Raum waren außerdem Kunstgegenstände verteilt. Skulpturen, Statuen, Fotografien, Gemälde. Sie standen durcheinander, manche Bilder sogar einfach ohne Rahmen an die Wand gelehnt, als hätte jemand sie nur gekauft, um sie zu besitzen, nicht etwa, weil er viel von Kunst hielt oder sie anderen präsentieren wollte. Das Absurdeste war jedoch ein kleiner Minigolfkurs, der in der letzten freien Ecke des Raums aufgebaut war. Über den konnte Max nur den Kopf schütteln. Der Minigolfplatz in seinem Strandhaus hatte wenigstens Stil und befand sich unter freiem Himmel, die Streifen Kunstrasen hier waren einfach nur traurig!

»Was für ein Haufen Mist«, urteilte Piper grimmig. Sie ging zwischen den Möbeln herum, strich über den grünen Filz der Billardtische. »Früher hätte Junior Typen ausgelacht, die sich ihr Büro so einrichten.«

»Der Kerl wird mir immer unsympathischer«, merkte Max an. Er hatte ja ohnehin schon kein gutes Bild von Junior, aber diese Einrichtung gab seiner Beurteilung des Anführers der Kingston Riders den Rest.

Aber sie waren nicht gekommen, um Inneneinrichtungen zu bewerten, sondern um wichtige Dokumente aus einem Tresor zu stehlen. Fragte sich nur, wo der steckte.

»Max, hier!«, rief Piper wie aufs Stichwort. Sie war weiter durch den Raum geschlendert und schließlich vor einer Nische stehen geblieben. Max eilte zu ihr, und tatsächlich, hier stand der Tresor, in einer kleinen quadratischen Einbuchtung auf einer massiven schwarzen Steinplatte. Aber wieder gab es etwas, das nicht auf dem Bauplan eingezeichnet gewesen war.

»Zee«, sagte Piper tonlos. »Wir haben ein kleines Problem.«

Das »kleine Problem« bestand aus gut einem Dutzend Laserstrahlen, die aus einer Box oberhalb des Tresors kamen und ihn regelrecht einschlossen. In Abständen von nur wenigen Zentimetern trafen sie als leuchtend rote Punkte auf den schwarzen Stein. Anscheinend hatte Junior seine Sicherheitsvorkehrungen heimlich verschärft. Bildete sich Max das nur ein, oder kam er angesichts dieser neuen Herausforderung wieder mächtig ins Schwitzen?

»Zeig mir das Ding mal«, forderte Zee, und Piper holte ihr Handy hervor, um eine Videoübertragung zu starten.

»Moment!«, hakte Max ein. »Wieso haben wir einen Knopf im Ohr, wenn wir auch telefonieren können?«

Piper sah ihn an, als hätte er einen an der Klatsche. »Weil es … weniger auffällig ist? Außerdem hätten wir im Fahrstuhl eh keinen Empfang gehabt. So war es sicherer.«

Da war natürlich etwas dran, das musste Max zerknirscht einsehen. Er schaute auf das Display in Pipers Hand, erwartete, Zees Gesicht zu sehen, doch sie ließ ihre Kamera aus. Dafür sah er sich selbst und Piper in einem kleinen Kasten am oberen Bildschirmrand. Er winkte, dann wechselte Piper zur Rückenkamera und hielt das Handy hoch, damit Zee sich einen Überblick verschaffen konnte.

»Mist«, fluchte die Hackerin. »Das ist kein Bewegungsmelder, sondern …«

Piper stieß einen erstickten Laut aus und zog erschrocken ihre Hand weg von den Laserstrahlen. Sie hatte sie aus Versehen mit einem Finger gestreift. »Die Dinger brennen!«, stieß sie empört aus.

Es war keine Einbildung gewesen. Die Hitze ging eindeutig von den Lasern und dem schwarzen Stein aus, wahrscheinlich glühte das Ding im Kern regelrecht. Jeder andere Bodenbelag wäre längst durchgeschmort worden. Max starrte ungläubig auf den Tresor, der keine drei Meter entfernt von ihnen stand und doch unerreichbar schien. Die gute Sache war zwar, dass ein Bewegungsmelder durch Pipers kleine Kollision längst den Alarm ausgelöst hätte. Die schlechte war allerdings, dass die Strahlen dieser Abwehrmaschine Salamischeibchen aus ihnen machen würden, wenn sie ihnen zu nah kamen.

»Es muss doch eine Lösung geben«, fluchte Piper und schritt aufgebracht vor der Nische hin und her. Im Headset hörte man leise die Stimmen von Taylor und Zee, die hektisch diskutierten.

Max fluchte. Sie konnten jetzt nicht aufgeben, nicht nach allem, was sie bisher geschafft hatten. Er hatte für diesen Plan sogar seinen heiß geliebten Lambo geschrottet, es konnte jetzt nicht vorbei sein!

Ohne Vorwarnung faltete sich das halb durchsichtige Inventar vor ihm auf und ließ ihn erschrocken zusammenzucken. Dieses verdammte Teil! Eigentlich dachte er, er hätte das Ding mittlerweile unter Kontrolle. Verärgert starrte er auf die Items.

Und dann verstand er. Er hatte an seinen kaputten Wagen gedacht, das war der Auslöser gewesen, denn in seinem Inventar steckte noch immer der Seitenspiegel seines Lamborghinis. Und für was man den benutzen konnte, das wusste doch jeder!

Mit einem Blinzeln wählte er das Item aus, und keine Sekunde später materialisierte es sich in seinen Händen. Er schielte zu Piper, die zum Glück nichts davon mitbekommen hatte. Sie blickte ihn erst wieder an, als er mit dem Spiegel neben sie trat.

»Wo hast du den denn jetzt her?«, fragte sie perplex.

Er räusperte sich. »Aus dem Rucksack?«

Nicht gerade überzeugend, aber Piper schien es zu genügen, oder sie war mehr daran interessiert, was Max jetzt mit dem Spiegel vorhatte.

Eigentlich war es ganz einfach, es verlangte nur ein wenig Geschick. Langsam und vorsichtig bewegte er den Spiegel auf die Strahlen zu. Als der erste auf die reflektierende Oberfläche traf, wurde er sofort umgelenkt und brannte mit einem Zischen ein kleines Loch in die Zimmerdecke. Grundsätzlich schien seine Idee zu funktionieren. Allerdings erhitzte sich auch die Verkleidung des Außenspiegels in seiner Hand relativ schnell, ihm blieb daher nicht viel Zeit. Voller Konzentration drehte er den Spiegel weiter und passte den Winkel an. Bald hatte er den Strahl unter Kontrolle. Er ließ ihn über die Tapete wandern, wo er einen dünnen verkokelten Strich hinterließ. In diesem Moment hätte er alles für die eleganten Handschuhe gegeben, die Piper in den Aufzugschacht geworfen hatte. Auch wenn sie dünn waren, hätten sie seine Hand doch wenigstens ein bisschen geschützt. Schweiß trat ihm auf die Stirn, doch er biss die Zähne zusammen und ging in die Knie, um den Strahl noch weiter nach oben zu lenken – direkt auf die Box über dem Tresor zu, die die Strahlen aussendete. Kaum hatte der umgelenkte Strahl die Kiste berührt, begann sie auch schon zu qualmen und zu schmoren. Der Geruch von verbranntem Plastik füllte die Nische, und schließlich, mit einem leisen Puffen und einer Menge Rauch, gab die Laserkiste ihren Geist auf. Die anderen Strahlen flackerten und verschwanden dann ganz.

Piper jubelte, und Max warf den kochend heißen Spiegel so weit weg von sich wie möglich, ließ sich auf den Hosenboden plumpsen und betrachtete seine schmerzende Hand. Die Innenfläche war rot und pochte. Das würde mit Sicherheit hässliche Brandblasen geben.

»Gut mitgedacht«, gratulierte Piper, und er nickte tapfer.

Jetzt war es endlich an der Zeit, den Tresor zu knacken. Während Piper das Kreidepulver und den USB-Stick im Rucksack suchte, übernahm Max den Videocall mit Zee. Er war sich sicher, dass sie und Taylor bestimmt gern den Moment miterleben würden, wenn sie die Verträge aus dem Safe holten. Das wollte er ihnen nicht vorenthalten.

»Wetten, sein PIN-Code ist 123456«, sagte Max grinsend.

Piper hatte das Kreidedöschen und den Stick gefunden. Ihre Aufregung war jetzt deutlich zu spüren, und auch Max fühlte das Kribbeln im Bauch. Sie hatten es fast geschafft! Gleich würden sie die Verträge in den Händen halten, die den Frieden zwischen Gearheads und Kingston Riders wiederherstellen konnten. Jede Herausforderung, die sie heute gemeistert hatten, hatte sie hierher geführt.

Piper öffnete die Dose, nahm etwas Pulver zwischen die Fingerspitzen und streckte ihre Hand nach dem Eingabefeld aus, drauf und dran, ein wenig von dem Pulver zu verteilen. Alle warteten gespannt. Sie berührte die Tür, nur leicht.

Der Tresor schwang absolut geräuschlos auf.

Sie alle, auch Taylor und Zee, die das Ganze weiterhin über das Handy beobachteten, zogen scharf die Luft ein. Der Blick auf das Innere des Tresors wurde frei. Er war komplett leer.

Totenstille. Keiner wagte, etwas zu sagen. Kaltes Entsetzen machte sich in Max' Magengrube breit. War etwa alles umsonst gewesen?

Kingston Junior

Ein Klatschen erklang aus dem hinteren Teil des Raums. Piper und Max wirbelten erschrocken herum und schauten auf den Typen, der entspannt in der Bürotür lehnte. Max erkannte ihn sofort, obwohl er ihn noch nie gesehen hatte.

»Sagt mal«, säuselte Kingston Junior mit einem selbstzufriedenen Grinsen im Gesicht. »Sucht ihr etwa das hier?«

Die Zeit schien kurz zu gefrieren, als wollte sie Max die Gelegenheit geben, sich genau anzusehen, wie schlimm sie in der Klemme steckten. Vor ihnen stand Kingston Junior, gekleidet in einen feinen weißen Smoking, vermutlich sein Outfit für die Spendengala, die noch immer im anderen Turm stattfand. Er war ein junger Typ, vielleicht Anfang zwanzig, mit einem spitzen Gesicht und großzügig zurückgegelten blonden Haaren. In seiner Hand hielt er zwei Dokumente, fraglos ebenjene Verträge, für die sie hergekommen waren. Junior hatte sie also tatsächlich damals gestohlen, wenigstens diese Genugtuung würde Piper bleiben.

Und noch etwas wurde Max in seiner Schockstarre plötzlich bewusst, der Gedanke war kaum mehr als ein kurzer Geistesblitz, der Anfang einer Idee: Er hielt noch immer das Handy in der Hand. Das, mit dem er gerade in einem Videocall mit Zee war.

Bevor die Zeit wieder normal zu fließen begann, bevor Junior seinen Blick, der in diesem Moment gehässig auf Piper ruhte, auf Max richten konnte, ließ dieser das Handy in seine Hosentasche gleiten, aber nur so weit, dass die Kamera oben noch rausguckte.

»Die Verträge!«, stieß Piper aus und ging einen Schritt auf Junior zu, die Fäuste bereits geballt.

Der aber grinste nur noch breiter und hob jetzt seine andere Hand in die Höhe, in der er ein goldenes Feuerzeug hielt. Er ließ den Deckel aufschnappen, als Warnung.

»Keinen Schritt weiter, Pipes«, sagte er mit finsterer Miene.

Piper zuckte bei der Verwendung des Spitznamens sichtlich zusammen. Vermutlich hatte sie ihn nicht mehr gehört, seitdem die beiden sich zerstritten hatten. Ihr Gesicht verzerrte sich vor lauter Zorn, und Max war sich alles andere als sicher, ob sie sich an Juniors Warnung halten oder im nächsten Moment auf ihn losgehen würde. Aber sie brauchten diese Verträge, das wusste sie so gut wie Junior. Sie waren der Beweis des Friedens zwischen den Gearheads und den Kingston Riders. Der Beweis, dass Junior die Dokumente damals gestohlen hatte, nicht Pipers Vater. Auch wenn es ihr sichtbar schwerfiel, blieb sie dennoch auf Abstand.

»Woher wusstest du, dass wir hier sein würden?«, fragte sie. Vielleicht wollte sie Zeit schinden oder ihn zumindest genügend ablenken, damit er die Dokumente nicht zerstörte.

Junior lachte auf. »Hast du es noch nicht kapiert?«, fragte er spöttisch. »Meine Leute sollten eigentlich deinen neuen Freund hier bei den Cops abholen, aber dann erfahre ich, dass die Anführerin der Gearheads ihn höchstpersönlich gerettet hat. Da wurde ich neugierig.«

Er flanierte langsam in den Raum hinein und lehnte sich gegen einen seiner Billardtische.

»Du hast uns also verfolgt?« Auch Max versuchte jetzt, Zeit zu gewinnen. Zeit, in der er hoffte, dass ihm irgendein Ausweg für ihre Situation einfallen würde.

»Den ganzen Tag lang«, bestätigte Junior. »Schöne Strandvilla übrigens.« Er nickte Max zu, aber auf ein Kompliment von diesem Typen konnte der gut und gerne verzichten.

»Wieso hast du die Garage verwüsten lassen?«, wollte Piper wissen. »Menschen hätten verletzt werden können!«

»Ach, das.« Junior winkte arrogant ab und schlenderte ein paar Schritte weiter in den Raum hinein, um sich lässig gegen die übergroße Bar zu lehnen. »Eigentlich nur ein Denkzettel, aber meine Leute fanden interessante Pläne bei euch.«

»Die Pläne …«, flüsterte sie, als sie verstand. Ihre wütende Körperhaltung veränderte sich schlagartig. Es war, als würde sie in sich zusammensinken. »Du wusstest, dass wir kommen.«

»Natürlich«, lächelte Junior gönnerhaft. »Ich habe euch sogar ein Stück weit begleitet.«

Piper riss die Augen auf. »Du warst beim Rennen. Du warst der Fahrer mit der Löwenmaske!«

»Und ich habe euch sogar gewinnen lassen«, bestätigte der Boss der Riders, was diesmal auch Max einen Stich ins Herz versetzte. Er erinnerte sich, dass der Camináo einfach im offenen Tor zum Rollfeld stehen geblieben war. Dass der Navigator sich furchtbar aufgeregt hatte. Nicht sein Stunt hatte sie zum Sieg geführt, sondern Junior hatte es so gewollt. Aber konnte das alles wirklich geplant gewesen sein, damit sie das Geld gewannen, um herkommen zu können? Was hatte Junior davon?

»Und was war der Dank?« Theatralisch griff sich Junior an die Brust, als wäre er tief getroffen. »Nicht einmal die Hand wolltest du mir schütteln, Pipes.«

»Ich schüttle hinterlistigen Dieben und Betrügern grundsätzlich nicht die Hand«, zischte Piper.

»Hinterlistige Diebe?« Er sprach die Worte aus, als schmeckten sie widerlich, dann hielt er wieder die Verträge in die Höhe. »Ach«, sagte er. »Weil ich die hier habe mitgehen lassen und allen erzählt habe, ihr wärt das gewesen?«

Er gab es einfach so zu! Max traute seinen Ohren nicht. Junior war offensichtlich sogar stolz darauf, was er den Freunden seiner Familie damit angetan hatte! Wut kochte in Max hoch, und er fragte sich, was die Kingston Riders wohl dazu sagen würden, wenn sie die Wahrheit wüssten.

»Es wäre wohl nicht gut, wenn rauskäme, dass du die Verträge hast, oder?«, fragte er absichtlich provokant.

»Ah, der Neue möchte mir drohen?« Junior kicherte. »Wie niedlich!«

Max verschränkte die Arme und schob die rechte Hüfte nach vorn, sodass die Handykamera in seiner Hosentasche garantiert auf Junior zeigte und den Ton so gut wie möglich aufnahm. Selbst wenn er und Piper hier nicht mehr rauskommen sollten, Zee und Taylor mussten alles mitkriegen und an die Gearheads weitergeben

können. Vielleicht war ihr Einsatz dann ja doch noch für irgendetwas gut, vielleicht konnten sie Juniors Geständnis irgendwie gegen ihn verwenden.

»Ich könnte es ihnen erzählen«, schlug Max tollkühn vor.

Junior begann zu lachen. »Wer soll dir denn glauben?«, rief er prustend. Offenbar nahm er Max nicht sonderlich ernst. »Du bist doch nur irgendein dahergelaufener Tourist. Wenn sie damals Piper und ihrem Daddy nicht geglaubt haben, dann erst recht nicht irgendeinem Niemand wie dir.«

Der Boss der Riders stieß sich von der Theke ab und schlenderte ein paar Schritte auf Max und Piper zu, blieb aber auf Abstand. Als keiner der beiden etwas sagte, spielte er den Erstaunten. »Was denn, Pipes? Hat es dir die Sprache verschlagen?«

Pipers Gesicht hatte jeglichen Ausdruck verloren. Sie blickte leer vor sich hin und schüttelte dabei immer wieder ungläubig den Kopf.

»Ich versteh einfach nicht, warum du das gemacht hast«, murmelte sie tonlos. »Ich dachte, wir waren Freunde.«

Das saß. Selbst Max spürte es. Auch Junior blinzelte einige Male, ehe er sich fing und wieder seinen arroganten Gesichtsausdruck aufsetzte. Vielleicht hing er doch noch mehr an den guten alten Zeiten, als er zugeben wollte.

»Du hast ja keine Ahnung«, zischte er und kam ihr noch ein Stück näher, baute sich vor ihr auf. Max musste sich zusammenreißen, um nicht dazwischenzugehen. Stattdessen drehte er sich etwas weiter in Juniors Richtung, damit die Kamera weiterhin alles einfing.

»Ich habe immer im Schatten meines Vaters gelebt«, fuhr Junior fort, Verbitterung in der Stimme. »Konnte nie was Eigenes aufbauen. Eine ständige Enttäuschung. Der kleine, unbedeutende Carlos Kingston Junior. Nicht mal einen eigenen Namen habe ich bekommen, verdammt noch mal!«

Piper blickte zu ihm auf, jetzt mit Tränen in den Augen. Sie öffnete den Mund, wusste aber anscheinend nicht genau, was sie sagen sollte. Doch sie hatte ohnehin keine Chance, denn Junior redete sich nun in Rage.

»Als er dann verschwunden ist, da dachte ich: Endlich kann ich mein Ding durchziehen!« Er fuchtelte mit den Händen, zerknitterte dabei die Verträge. »Und diesmal wollte ich alles haben. Karren, Häuser, Geld. Die ganze Stadt sollte mir gehören! Da wart ihr Gearheads einfach im Weg.«

»Du bist doch verrückt«, flüsterte Piper.

»Verrückt? Ich? Nein.« Juniors Blick drang stechend wie ein Messer durch sie hindurch. Er faltete die Verträge wieder auseinander, versuchte, die Seiten zu glätten. »Ihr seid verrückt, dass ihr versucht habt, bei mir einzubrechen. Aber keine Sorge, das wird euch noch leidtun.« Er sah zwischen Piper und Max hin und her und legte den Kopf schief. »Alle haben mir geglaubt, dass *ihr* damals die Verträge gestohlen habt. Nachdem ich euch heute hier gefunden habe – und zwar *mit* den Verträgen! –, werden mir auch alle glauben, dass *ihr* sie mir wieder unterjubeln wolltet, um mich schlecht dastehen zu lassen!«

Er machte eine geschickte Drehung auf seinen frisch geputzten Anzugschuhen, fing schallend an zu lachen und wirkte dabei fast so, als würde er gerade den Verstand verlieren.

»Und wenn ich meinen Vollidioten von Handlangern erst mal diese Geschichte aufgeschwätzt habe«, fügte er mit einem manischen Grinsen im Gesicht hinzu, »dann wird auch der allerletzte Trottel von ihnen aufhören, meinem verfluchten Vater nachzutrauern, und mich anerkennen!«

Endlich wurde er still und sah erwartungsvoll zwischen Piper und Max hin und her, als wünschte er sich eine Reaktion, Applaus vielleicht.

Max hielt die Luft an. Was würde dieser Irre als Nächstes tun? Würde er sie gehen lassen und sich daran erfreuen, dass er Piper das Leben von nun an noch schwerer gemacht hätte? Oder würde er seine Leute rufen, die sie auf Nimmerwiedersehen in irgendeines der tausend Büros in den Towers sperren würden?

Das Headset in Max' Ohr rauschte kurz, und vor Schreck hätte er beinahe aufgeschrien.

»Also unten auf der Spendengala war das gerade der absolute Hit«, erklang Taylors Stimme, ganz unverkennbar belustigt.

Auch Piper hatte es gehört. Mit aufgerissenen Augen wandte sie ihr Gesicht langsam Max zu. »Was …?«, stammelte sie, verwirrt darüber, was gerade passiert war.

Auch Max war sich nicht ganz sicher, was Taylor meinte. Er zuckte mit den Schultern.

Junior schien überhaupt nicht zu gefallen, dass nicht mehr die gesamte Aufmerksamkeit bei ihm lag. »Habt ihr überhaupt gehört, was ich gerade gesagt habe?«, blaffte er sie an und stemmte beleidigt die Hände in die Hüfte, wobei die gerade entknitterten Verträge wieder zerdrückt wurden.

»Wir haben es *alle* gehört«, antwortete ihm eine tiefe Stimme, die weder von Piper noch von Max stammte.

Junior schwang herum und gab den Blick auf den Türrahmen frei, in dem drei Männer standen. Sie trugen das Logo der Kingston Riders auf ihren schwarzen Shirts. Zwei der Männer hatten Sonnenbrillen auf, sodass man ihre Gesichter nicht vollständig sehen konnte, aber sie wirkten auf Max ganz klar wie Bodyguards. Ihre Körperhaltung und vor allem ihre Körperbreite ließen keinen Zweifel daran aufkommen, dass man sich besser nicht mit ihnen anlegen sollte. Der dritte Mann machte jetzt einen Schritt in den Raum hinein. Er war eher etwas untersetzt und deutlich älter als die beiden anderen, seine Haare waren bereits grau. Auch trug er keine Sonnenbrille, sodass man an seinem Gesicht problemlos ablesen konnte, dass er nicht bei bester Laune war. Alle drei Männer hielten jetzt ihre Smartphones hoch, auf denen dasselbe Video lief: Ein etwas verwackelter Junior, der Piper von seinem tollen Plan erzählte.

»Vollidioten?«, fragte der Grauhaarige. »Trottel? Wen könntest du damit bloß meinen, Boss?«

»Wie … wie kann das sein?« Junior war einige Schritte zurückgewichen, bis er mit dem Rücken gegen den Billardtisch prallte und nicht mehr weiterkonnte.

»Sag du es uns.« Der Grauhaarige machte eine Geste, die nicht nur die beiden Männer hinter ihm einschloss, sondern den ganzen Turm. »Sag du es deinen Leuten, die dieses Video zugeschickt bekommen haben. Oder den Gästen auf der Gala, die es auf der Leinwand gesehen haben. Oder jeder Person in dieser Stadt mit einem Internetzugang!«

»Gern geschehen!«, hörten Piper und Max zeitgleich Zees Stimme in ihrem Ohr. Die sonst so mürrische Hackerin wirkte regelrecht vergnügt. »Wir waren so frei, euren kleinen Livestream zu teilen.«

»Ihr seid genial!«, flüsterte Max und schlich näher zu Piper. Denn auch wenn Junior aufgeflogen war, befanden sie sich noch immer auf feindlichem Gebiet. Sie sollten besser zusammenbleiben und schauen, dass sie so schnell wie möglich abhauten.

Die Kingston Riders aber hatten gar kein Interesse an ihnen. Sie rückten weiter zu Junior vor, langsam, aber bedrohlich, während aus dem Flur immer lauter werdendes Stimmengewirr zu hören war. Sie bekamen wohl Verstärkung. Nach und nach quollen immer mehr Riders in das lächerlich große Büro, aber auch Gäste der Gala, die neugierig dem Strom an Menschen gefolgt waren. Sie umringten Junior von allen Seiten, und bald stauten sie sich sogar auf den Gängen. Der Lärm ihrer Rufe war ohrenbetäubend.

Der Grauhaarige – offensichtlich ein ranghohes Mitglied, denn alle hielten respektvoll Abstand zu ihm – schüttelte gerade bedauernd den Kopf. »Womit hat dein Vater es nur verdient, dass du sein Ansehen derart durch den Dreck ziehst?«

Andere Stimmen fielen mit ein, schimpften, riefen nach Konsequenzen. Manche verlangten ein Statement, andere direkt den offiziellen Rücktritt. Junior, der jetzt nicht mehr arrogant und schick wirkte, sondern ziemlich klein und erbärmlich, zerknüllte hinter seinem Rücken die Verträge und versuchte, sie in den Taschen des Billardtischs verschwinden zu lassen. Dabei blickte er panisch in die Runde und wiederholte immer wieder, dass es sich um ein schreckliches Missverständnis handeln musste. Aber niemand wollte ihm zuhören. Sie alle hatten schon genug gehört.

Max fragte sich, wie es Piper in diesem Moment wohl gehen mochte. Er hatte unendliche Schadenfreude empfunden, als klar wurde, dass sie Juniors Pläne in letzter Sekunde doch noch durchkreuzt hatten. Aber für die Anführerin der Gearheads musste dieser Sieg auch ein wenig bitter schmecken. Zwar hatte Junior endlich seine gerechte Strafe bekommen für all das Leid, dass er den Gearheads – und Pipers Familie im Besonderen – angetan hatte. Andererseits waren die beiden eben auch mal beste Freunde gewesen. So was konnte man nicht einfach vergessen.

Sanft drückte Max Pipers Schulter, um sie daran zu erinnern, dass sie nicht allein war, und sie nickte dankbar. Einen kurzen Moment verfolgte sie das Spektakel noch mit eisiger Miene, dann machte sie einen großen Schritt aus der Menge raus in den freien Kreis rund um Junior. Die Blicke der Umstehenden folgten ihr neugierig.

»Ich schätze, das gehört mir«, sagte sie knapp, griff in die Tasche des Billardtischs direkt hinter dem noch immer jammernden Junior und zog die zusammengeknüllten Verträge heraus. Demonstrativ strich sie die Papiere, so gut es ging, glatt und überreichte eine Version dem Grauhaarigen.

»Ich vertraue darauf ...«, verkündete sie mit der festen Stimme einer Anführerin, »... dass ihr gut darauf achtgebt.«

Der ältere Mann nahm das Dokument entgegen. Er sah jetzt ein wenig schuldbewusst aus. Kein Wunder, hatten er und seine Männer den Gearheads doch ohne Grund so übel mitgespielt.

»Du hast mein Wort«, versprach er, dann hielt er den Vertrag für alle sichtbar in die Höhe. »Du hast *unser* Wort!«

»Gut«, sagte Piper und reichte ihm die Hand. »Dann sollten wir uns demnächst treffen und über die Verträge sprechen.« Sie schaute ein letztes Mal über ihre Schulter zurück und fügte hinzu: »Das gilt auch für dich, Junior. Gearheads sind nicht nachtragend.«

Ein Raunen ging durch die Menge, als der Grauhaarige einschlug und das Friedensangebot damit besiegelte. Die umstehenden Kingston Riders schauten zwar teilweise betreten zu Boden, aber die meisten nickten. Dann öffneten sie einen Korridor für Piper, damit sie den Raum verlassen konnte.

Sie drehte sich zu Max um, der nicht stolzer auf sie hätte sein können. Sie hatte einen absolut filmreifen Auftritt hingelegt und sich den Respekt all dieser Leute hier verdient. Die Gearheads würden mit ihr an der Spitze einer rosigen Zukunft entgegensehen.

Rasch schloss er zu ihr auf, und gemeinsam verließen sie das Büro des – jetzt sicher ehemaligen – Anführers der Kingston Riders. Draußen musste irgendwo die Treppe aufs Dach sein, und das war immerhin der letzte Stopp des Kingston-Towers-Überfalls.

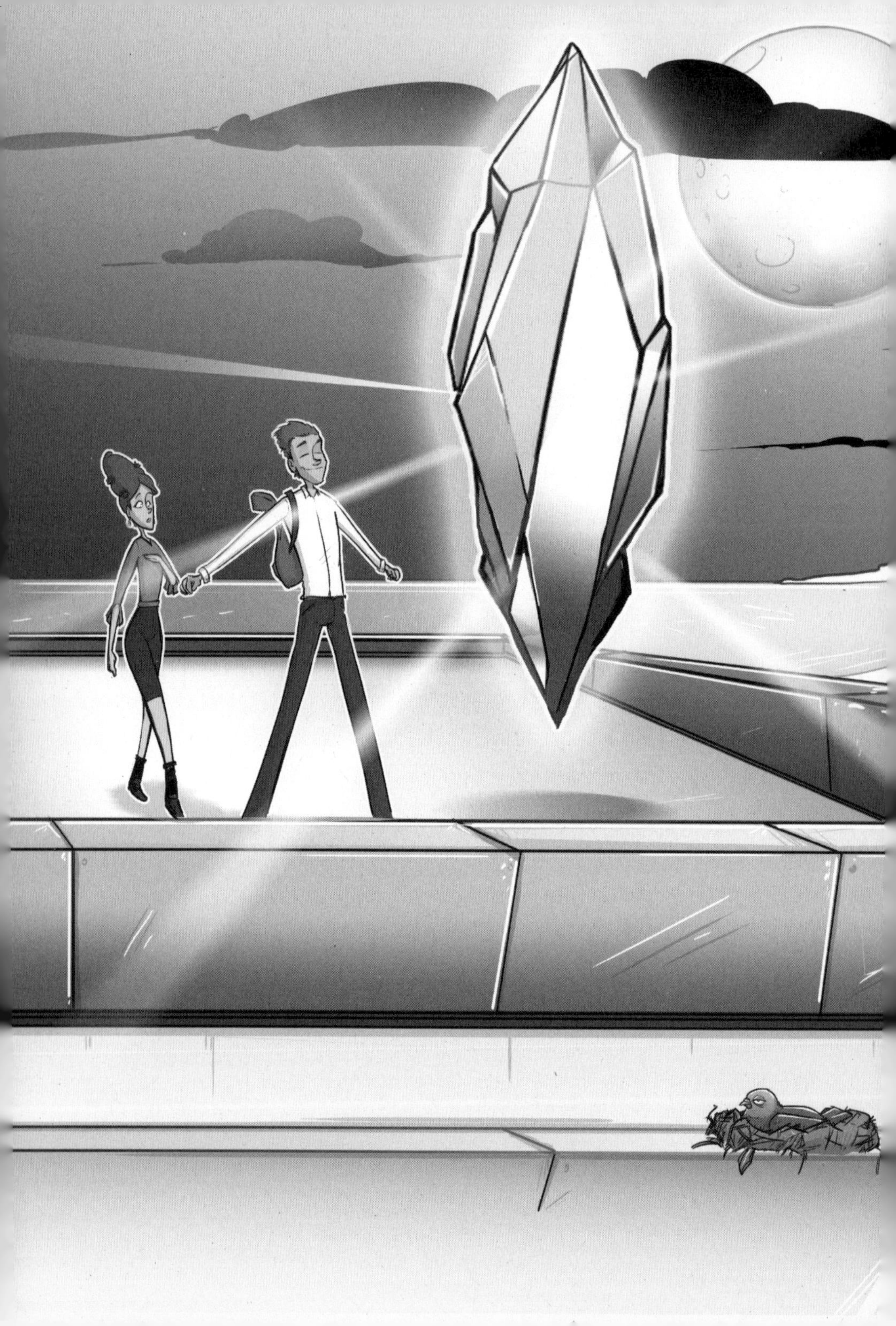

Ein letzter Stunt

Auf dem Flur war es schon wesentlich ruhiger als im Büro, und sie fanden die Treppe, die hinauf aufs Dach führte, sofort. Unterwegs meldeten sie sich von Zee und Taylor ab, die zur Feier des Tages Burger *und* Tacos für alle holen wollten. Natürlich erst, nachdem sie Piper und Max wieder in Empfang genommen hatten. Wieder stimmte es Max traurig, dass es dazu nicht kommen würde, doch er sagte nur »Bis gleich« und verstaute sein und Pipers Headset im Rucksack.

Der ursprüngliche Plan hatte eine spektakuläre Flucht mit einem Fallschirmsprung vom Dach vorgesehen, und auch wenn sie jetzt eigentlich gemütlich aus dem Hauptausgang hätten spazieren können, wollte Piper um kein Geld der Welt wieder in den Fahrstuhl nach unten steigen. Daher musste Max sie zum Glück nicht überreden, doch noch mit aufs Dach zu kommen, wo sein ganz persönlicher Sprung hoffentlich schon auf ihn wartete.

Sie sagten kein Wort, während sie das letzte Stockwerk nach oben stiegen. Es war, als hielten sie den Atem an, bis sie endlich oben die Tür aufstießen und die frische Nachtluft sie umgab.

Max genoss den kühlen Wind, der ihm durchs Haar fegte, sah hinauf in den pechschwarzen Himmel und konnte ganz blass einige Sterne ausmachen. Dann schaute er nach rechts übers Dach und entdeckte, weswegen er hier war: den Kristall, den Nullpunkt. Er hatte es geschafft. Er war endlich da.

»Was für ein Tag«, durchbrach Piper endlich die Stille.

Max konnte darauf nur lachen. Kaum zu fassen, dass das alles nur ein Tag gewesen war. Es kam ihm vor, als wäre es hundert Jahre her, dass Piper ihn in der Fußgängerzone umgerannt hatte. Und jetzt waren sie plötzlich Freunde.

»Bist du okay?«, fragte er vorsichtig, denn das war, was Freunde taten.

Sie wiegte den Kopf hin und her, machte eine vage Handbewegung, musste aber lächeln.

»Gerade bin ich noch überwältigt«, gestand sie. »Aber alles in allem denke ich, dass ich okay bin, ja.«

»Nur okay?«, fragte Max ungläubig. »Du hast die Verträge wieder!«

»Du hast recht!« Jetzt lachte auch sie herzlich los, all die Anspannung des Tages, der letzten Wochen und Monate fiel mit einem Mal von ihr ab. »Es ist mehr als okay! Danke, Max. Ohne dich hätten wir das nie geschafft.«

Er kratzte sich verlegen am Hinterkopf. »Ach was«, druckste er rum. »Du hättest einfach einen anderen Typen mit 'nem Rennwagen kennengelernt.«

Sie boxte ihn gegen den Arm. »Ich meine es ernst.«

»Ich weiß.«

Sie standen wieder eine Weile in der Stille, bis Piper irgendwann seufzte. »Es ist echt schon spät«, sagte sie. »Wir sollten Zee und Taylor nicht so lange warten lassen.«

Anscheinend waren diese Worte das benötigte Signal. In seinem Augenwinkel tauchte der Text »Mission erfüllt« auf. Das System akzeptierte seinen Erfolg. Max sah rüber zum Nullpunkt, und tatsächlich, mit demselben Klirren und Splittern wie im Garten der Puhmanns öffnete sich ein Riss mitten in der Luft wie ein Steinschlag in einer Fensterscheibe, als wäre die Realität selbst nur aus Glas.

Piper hob die Augenbrauen, schien aber nicht allzu überrascht. »Immer diese protzigen Lichtshows«, murmelte sie. Sie hielt den Nullpunkt für eine Dekoration!

Anstatt sich um den Kristall oder das Loch in der Luft zu kümmern, zog sie den Rucksack von Max' Rücken und wühlte den roten Rock daraus hervor. »Laut Taylor funktioniert das Ding wie ein Fallschirm«, erklärte sie. »Willst du es ausprobieren?«

Kurz, nur kurz war Max versucht, Ja zu sagen. Nach all den Stunts, die sie heute gemeistert hatten, wirkte ein Fallschirmsprung absolut machbar. Aber er spürte, wie der Kristall nach ihm rief, fast so, wie er ganz am Anfang im Garten in Los Llamas nach ihm gerufen hatte. Er gehörte nun mal nicht in diese Welt, sosehr es ihn schmerzte. Er hatte Freunde und Familie in der Realität, auf die er sich ungemein freute. Allein wenn er daran dachte, was für Sorgen sich Stanni machen musste, durfte er keine Minute länger bleiben als nötig.

»Sorry«, sagte er. »Ein anderes Mal vielleicht.«

Sie lachte. »Nimmst du lieber den Fahrstuhl, oder was?«

»Nee. Aber das Portal da hinten bringt mich zurück nach Hause, und wenn ich jetzt nicht gehe, schließt es sich bestimmt wieder.«

Sie sah ihn mit großen Augen an, dann prustete sie los. Aber als er auch nach ein paar Sekunden nicht in ihr Lachen mit einstimmte, zog sie skeptisch die Augenbrauen zusammen und sah ihn fest an.

»Du nimmst mich auf den Arm.«

Er schüttelte den Kopf. »Klingt unmöglich, ist aber wahr«, bestätigte er.

»Pfft«, machte sie wenig überzeugt und schielte rüber zum Portal, das sie wahrscheinlich einfach nur für ein Hologramm hielt. »Das will ich sehen.«

Max hatte einen mächtigen Kloß im Hals. Er hatte sich schon gedacht, dass der Abschied nicht leicht werden würde, aber da sie ihm nicht glaubte, konnte er sich nicht mal richtig verabschieden. Übel nehmen konnte er es ihr allerdings auch nicht. Wenn ihm jemand erzählt hätte, dass man durch Risse in der Luft von A nach B reisen konnte, hätte er nicht anders reagiert.

»Dann komm mit.«

Gemeinsam gingen sie die letzten paar Schritte zum Nullpunkt. Das Portal, das unmittelbar davor schwebte, war genau so, wie er es in Erinnerung hatte. Ein seltsames Flüstern und Rauschen ging von ihm aus und zog Max in seinen Bann. Langsam streckte er seine Finger aus. Er spürte den Sog und schaute ein letztes Mal zurück, während das weiße Licht um ihn herum anwuchs. Da war Piper, die Augen vor Erstaunen weit geöffnet, hinter ihr der Himmel über Los Carros. Und dann nichts mehr.

EPILOG

Max purzelte mit Schwung über den Rasen. Der Nullpunkt hielt wohl nichts davon, seine Passagiere anständig zu befördern. Aber immerhin war hier der Boden weich und kein Pflasterstein.

Nach zwei Überschlägen blieb er endlich auf dem Rücken liegen. Stöhnend rieb er sich die Stirn und blickte hoch in den Himmel. Nur dass da gar keiner war, sondern nur eine weit entfernte Höhlendecke, weiß-gelblich beleuchtet von einem gigantischen Lichtball. Er war tatsächlich wieder in Los Llamas.

Stannis Kopf schob sich über ihm in sein Sichtfeld, sein Freund schaute ihn besorgt an.

»Geht's?«, fragte er.

Max glaubte, sich verhört zu haben. »Ich bin einen ganzen Tag in einem mysteriösen Portal verschwunden, und du fragst mich, ob es geht?!«

Stanni runzelte die Stirn und sah auf ihn runter, als wunderte er sich, ob er sich beim Sturz was angeschlagen hatte.

»Diggi, du warst keine zehn Sekunden in dem Portal«, erklärte er.

Max starrte ihn an, dann ließ er den Kopf zurück ins Gras sinken. Zehn Sekunden?!

»Was hast du gesehen?«, fragte Stanni neugierig, aber Max winkte ab. Er fühlte sich so fertig von seinem zehnsekündigen Abenteuer, dass er eigentlich lieber noch ein bisschen im weichen Gras liegen bleiben wollte.

»Ich erzähl's dir später«, murmelte er und schloss die Augen.

STSK